本书由安徽大学“211”文科创新团队经费资助出版

In Search of a Coordinate System for Discourse: A Theory of Literary Discourse Based on the Idea of Complexity

找寻话语的坐标

——一种复杂性文学话语理论

戚涛 著

北京师范大学出版集团
BEIJING NORMAL UNIVERSITY PUBLISHING GROUP
安徽大学出版社

图书在版编目(CIP)数据

找寻话语的坐标:一种复杂性文学话语理论/戚涛著.
—合肥:安徽大学出版社,2013.6
ISBN 978-7-5664-0635-4

Ⅰ.①找… Ⅱ.①戚… Ⅲ.①文学研究—中国 Ⅳ.①I206

中国版本图书馆CIP数据核字(2013)第129133号

找寻话语的坐标

——一种复杂性文学话语理论

戚涛 著

出版发行:北京师范大学出版集团
安徽大学出版社
(安徽省合肥市肥西路3号 邮编230039)
www.bnupg.com.cn
www.ahupress.com.cn

经　　销:全国新华书店
印　　刷:中国科学技术大学印刷厂
开　　本:170mm×230mm
印　　张:9.5
字　　数:137千字
版　　次:2013年6月第1版
印　　次:2013年6月第1次印刷
定　　价:23.00元
ISBN 978-7-5664-0635-4

策划编辑:钱来娥
责任编辑:钱来娥
责任校对:程中业
装帧设计:李　军
美术编辑:李　军
责任印制:赵明炎

浩瀚学海中的理论探索之旅(代序)

虞建华

谈到文学理论,我们会想起从上世纪 90 年代开始席卷中国外国文学研究领域的理论热。铺天盖地的西方文论大潮,几乎将开放历史不长、文化视野有限的中国学界的声音淹没,使他们中的大多数成了观潮者。戚涛博士是个不多见的弄潮儿。他敢于跳进潮中击水,敢于潜下水底跃出水面看个究竟,敢于建构自己的船筏,如书名所言,努力"找寻坐标",渡向某个认识的岸滩。他让我想起与猛虎同筏渡海的"少年派",面对大洋猛兽没有畏惧,却表现出足够的毅力、坚韧和信念。也许这样的联想有点牵强,缺少可比性,因为"少年派"的漂流带有很多"奇幻"色彩,而戚涛的学海苦旅中没有神奇与天佑,只有实实在在的付出。

汹涌的文学理论大潮近几年逐渐退却,文学批评开始进入一个所谓的"后理论时代",戚涛博士对文学理论的反思似乎正合时宜,但他的关注始于许多年前。在 2004 年进入上海外国语大学攻读文学博士学位之前,他已阅读和学习了各派西方文论;博士研究过程中,谙熟文学批评理论的他,开始分析与总结一些现有理论存在的缺陷,产生了尝试构建一种新的批评理论模式的想法,并以此完成博士学位论文,得到了参加答辩专家们的肯定和诸多好评。完成博士学业后，他又在博士论文的基础上，添入了更加成熟的新思考，让原来的想法更加丰满、完善，于是就有了今天的这部专著。

在这部著作中，戚涛博士首先对几种主要批评理论进行深入的剖析，找出后解构主义之前和之后两大批评体系共同的症结；然后介绍新兴的方法论体系——包括系统论、自组织理论等的复杂性思维模式；在复杂性思维模式基础上，尝试初步搭建起一种具备一定操作性的新型文学理论——复杂性文学话语理论的基本框架模型；最后，以新的方法论为指导，去研究文学话语发生、演化的规律，也将此理论运用于具体批评实践，示范其可操作性。我认为戚涛博士并无意提出一种文学批评的最终理论解决方案，他的复杂性话语理论是分析的，也是开放的。

学术研究贵在问题意识，贵在创新。如果只是为了学位，那么四平八稳地做一个作家研究，按部就班地走常规，也许更保险，也相对更容易。戚涛博士选择关于复杂性文学话语理论这一研究课题作为博士论文，是有一定风险的，因为这是他自己的理论，在多大程度上能首先让答辩委员会的教授们接受，仍是个不确定因素。我知道戚涛的理论功底和阐述能力，加之他个性沉稳，做事深思熟虑，绝非轻举妄动之人。文学理论并不是我的专长，因此作为他的导师，我的指导主要是经验层面的，或者说名义上的。但我支持这个选题，认为只要能自圆其说，论文就超脱了平庸，就有可能产生非同一般的价值。

戚涛博士敢于联想，敢于借鉴，敢于质疑，敢于尝试表达自己的观点，但我不喜欢用"初生牛犊不怕虎"这一现成表达来描述一个勇于挑战权威的青年学子，因为这一成语的逻辑潜台词是一种无知者无畏的鲁莽。戚涛博士是做足功课的，他的学术胆魄来自于扎实的理论功底、刻苦的阅读和敏锐的学术嗅觉。他一直以涉猎广博、思考缜密、见解独到而为教授们所称道，为同行们所看重。他在《找寻话语的坐标——一种复杂性文学话语理论》中的"找寻"，可以说仍是一个起点，是一个不断认识和破旧立新的过程。相信这本著作的出版，可以提供一个不同的视角，可以活跃学术气氛，激发文学研究界对批评理论的反思与进一步的探讨。

上海外国语大学文学研究院

2013年春

Acknowledgements

So many people have helped me in one way or another throughout my PhD program that it is impossible for me to list them all in the present acknowledgements. And their helps have come to me in so many ways that I could but only mention some of them.

I am especially grateful to my supervisor, Prof. Yu Jianhua, for his encouragement and unfailing support throughout. From him, I have learnt immensely, especially some ingenious methods for carrying out academic research. Through his perceptive and constructive criticism my text has benefited tremendously. I also owe thanks to Prof. Hong Zengliu of Anhui University who had helped me build a solid foundation for literary research.

Thanks are also due to Profs. Zhang Dingquan whose lectures on literary theory inspired me a lot, and Profs. Shi Zhikang and Li Weiping whose lectures greatly expended my knowledge on literature. I would also like to thank my roommate Xi Zhong'en, my classmates Zhang Ying, Liu Dangdang, Song Jianfu, Cao Bo, Pan Jiayun, Feng Jianming, and Liu Jinfei for their suggestions, encouragement, and the happy times we spent together. And last but not least, I would thank my mom and dad for bearing with me through the long period of writing, and supporting me when I most needed it. Thank you all.

摘要

进入新千年以来，沸腾了数十载的文学理论研究终于显露疲态，欲振乏力了。伊格尔顿因此预言，文学批评即将进入一个后理论时代。国内也有人断言“文学理论已死”。文学理论仿佛一夜之间由话语霸权者变为了弃儿。这未必不是件好事。文论的危机给了我们一个反思的机会，反思几十年来文论研究中的得失，探寻新路径。

本书主要进行了以下四个方面的研究：(1)反思既有文论的得失，确认文论危机的主要症结在于方法论体系的落后；(2)介绍复杂性思维模式(包括系统论、自组织理论等)并论证了将其系统地引入文学研究的必要性；(3)以复杂性理论为方法论基础，尝试建立起文学话语的系统动力发生模型；(4)探索参与话语建构各关系项的特性，分析它们之间具体的互动关系和过程，及其对文本形态和内容的影响。通过这些研究，初步搭建起一种新型文学话语理论——“复杂性文学话语理论”的基本框架。

全书共分五章。第一章“文学理论的危机与症结”概要地分析了现有文学理论的症结所在。其一在于采用的方法论无法适应文学现象的复杂性。文学现象是一个复杂的系统，但解构前的文学理论都是形而上学和还原主义的，分别固守作者、现实、文本三个中心，割裂了系统各要素之间的有机联系；而解构以来的文论虽然怀着打碎还原主义秩序的愿望，但由于只进行了方法论上的局部“革命”，最终均未能逃离重归形而上学的命运。

其二在于“实用主义欣快症”。多数文学理论并非建筑在对文学现象和规律的系统研究基础之上，而是“拿来主义”的产物。邻近的语言学、哲学、史学等学科理论，未经本土化就直接为文学批评所用，出现偏差在所难免。

针对上述症结，本书认为，要想走出困境，文学理论应当做好两方面的研究：一是找寻更符合文学研究实际的认识论和方法论，克服现有方法论的缺陷；二是以新的方法论为指导，切实研究文学话语发生、演化的规律，避免拿来主义。

第二章“方法论阐释与文献回顾”首先介绍了后现代认识论的转向和新型复杂性思维模式的内涵。本书认为20世纪中期以来，人类认识论经历了一次历史性的转向，其实质在于放弃还原论中的静态、确定性和线性思维的观点，代之以与事物存在的复杂形式相适应的思维范式，即复杂性思维范式。其核心内容包括以下四个方面：(1)用普遍联系和系统观念取代封闭的实体观念；(2)用自组织、互动、涌现等观念消解决定论和形而上学的中心；(3)用非线性动态过程代替静态确定的线性结构；(4)强调偶在性和必然性、共性与个性的互补。这一发展为超越现有文论的缺陷提供了可能。

接着，通过剖析文学批评领域内形而上学的诸多表现，尤其是解构、新历史主义走向悖论的方法论原因，本书论证了将复杂性理论引入文学研究的必要性；并强调只有在上述四个方面同时突破，才有可能真正超越还原论的束缚。由于解构只寻求用绝对的动态观点来颠覆形而上学中的二元对立，新历史主义也仅仅具备了系统和互动观念，它们无一例外走向了悖论。

自第三章起，本书以复杂性理论为指导，探索文学话语发生的独特规律。系统建模是自然科学分析复杂系统构成和运作规律的基本方法，要实现对话语规律的探索，必须尝试建立一个文学话语的自组织系统发生模型，确定系统的动力、关系项（要素）、边界，以及各关系项互动的基本形式。其终极目标是能够说明为什么一个作者会以“此”而非“彼”方式选择题材、塑造人物、建构主题等。为此，本章首先探讨了文学话语发生的动力机制，在比较现有的四种文学发生理论，即“天才/灵感说”、“反映论”、“冲突/融合论”和弗洛伊德的“压抑—升华理论”的基础上，提出弗洛伊德的发生模型更具复杂性思维的特征——动力发生、非线性、涌现等，也更符合文学话语的实际。它强调艺术（文学）话语是作者为了超越现实对其需求的压抑，利用升华机制建构出来的一种想象性的关系。如下图所示：

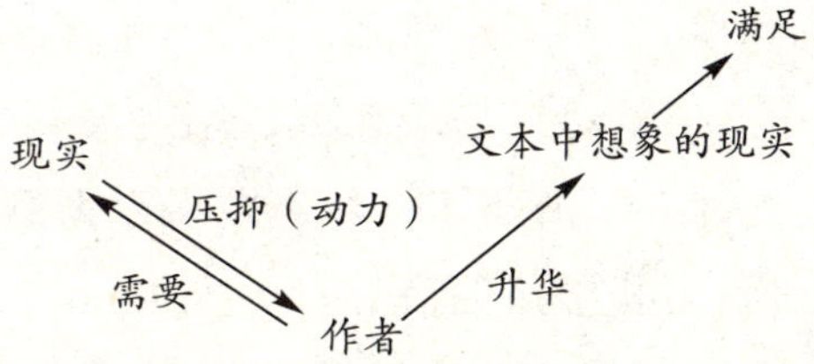

但它仍过于简化，存在诸多理论缺环。例如，它无法解释为什么出于同样的机制，不同的作者会创造出截然不同的话语。在弥补缺环方面，弗洛姆的理论提供了启发。他认为，凡人类形而上的认识均受性格系统的调节，性格是人类在动态适应现实过程中形成的用来替代本能的复杂系统，一旦形成便不完全为理性所控制，并具有强烈的定向特性。由于它，人们会潜意识地偏爱一些话语而非理性地排斥其余。引入性格这一关系项，可以得到下面这样的话语发生模型：

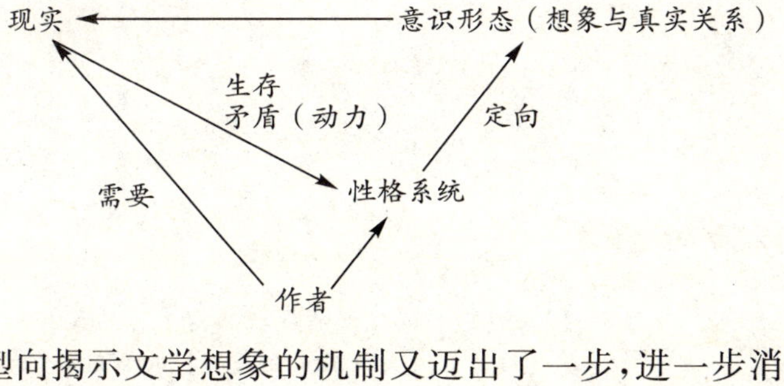

这一模型向揭示文学想象的机制又迈出了一步，进一步消解了弗洛伊

德模型中残存的形而上学中心，为解释不同作者话语的独特性提供了可能。

弗洛姆的理论中隐含了复杂性理论中的反馈回环(feedback loop)概念。按照定义，回环在运动过程中不停歇地把各种成分和事件衔接成一个整体。每一次回环都会产生一些成分和结果来加强这个整体的组织，并成为下一次循环的起点。弗洛姆经验地认为，人类的性格系统就是在不断的反馈回环中形成的，形成的组织会左右着人们对现实的感知。这一观念对于理解性格、意识形态和文学话语的动态构建过程至关重要。然而，由于他关注的是精神分析而非文学话语，从他的理论中抽象出来的话语模型仍然无法还原出话语的丰富个性。

为了解决余下的问题，在第三章剩余的部分，本书从意识形态的发生机制入手，进一步分析了文学话语的系统构成。结合马克思、阿尔都塞等人的意识形态理论以及心理学的人格理论，本书做出以下判断：(1)意识形态是调和人类生存矛盾、进行自我塑造的产物；(2)人类建构、生成意识形态的目的在于调和自身生存需求与环境之间的矛盾，为自我的生存困境提供解释，并借以描绘自我、建构自我，获得想象性的满足；(3)其发生的过程涉及个体的需求、个体在现实中的真实处境、个体的真实自我、认知想象力、性格策略、理想自我等。依据意识形态发生的机制，我们可以建立起这样自我塑造的自组织回环系统：

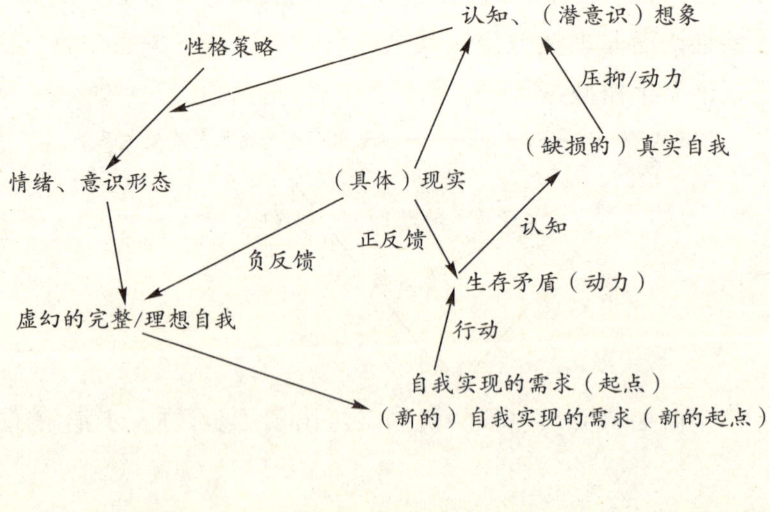

自我塑造回环过程中产生的情绪、意识形态、理想自我等通过隐喻、投射等关系与能够承载它们的题材、事件、人物等结合生成文本，而这其中的所有关系项和关系就构成了一个文学话语的系统动力模型：

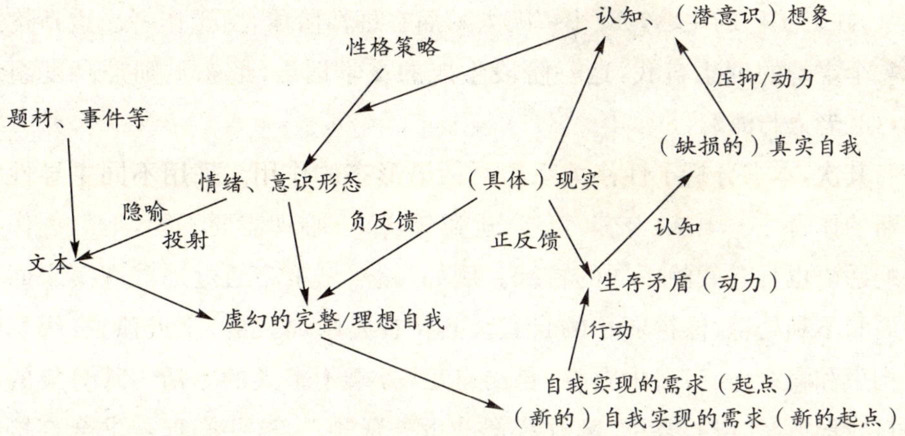

如图所示，文学话语与现实、文本，作者的处境、性格策略、自我形象等关系项存在着密切的联系，但与其中的任何一项都不存在同一性关系。文学话语生成的复杂过程决定了任何话语都是独特的、唯一的。世界上不存在两个完全相同的话语。一种文学话语的内涵就是所有关系项和互动关系的集合。从这个意义上说，任何将作品内涵概括为一种明确思想、贴上某某主义标签的做法都是对作品的歪曲。描述一个文学话语的科学方法，在于找寻构成该作品的所有关系项，阐明它们之间的互动关系。

当然，这一话语模型还是高度概括性的，远不足以支持有效的话语分析。要想尽可能彻底弄清话语生成的全部过程，还需要从事更为细致的分析工作。因此，在第四章中，本书借助复杂性理论以及卡伦·霍妮等学者的心理学理论，进一步分析了构成文学话语的各关系项的特性——包括性格策略、作者的理想自我、真实自我、处境、社会经济现实、话语现实、作者的意识形态等，它们之间的可能的互动关系，以及这些关系对文本形态的影响。由于内容庞杂，这里只简要介绍其中的几个方面。

本书首先论证了反馈回环的不同阶段对作者话语形态的影响。一般而言，基于负反馈的成长型回环造就出的文学话语，只会重复和加强原有的话语；而基于正反馈的匮乏型回环则是生成性的。其中的危机—冲突阶段因为压抑、焦虑大行其道，造就出的话语往往感情宣泄的色彩较为浓厚，形式散乱，缺乏统一的主题，如《小镇畸人》；而在理性阶段，由于作者已重新构造出一个虚幻的理想自我，这一阶段生成的文学话语，形态上则是高度组织的，如《老人与海》。

其次，本书分析了性格关系项对话语形态的作用。采用不同主导性格策略的作者——顺从、自恋、叛逆、逃避等，由于心理需要不同，他们创作出来的话语也具有截然不同的特征。例如，超然型策略通过逃避现实来回避矛盾和不利处境，保护弱小的自我。其特征是疏离人群、亲近孤独，厌恶任何拘束和羁绊，崇尚自由自在、自给自足、万事不求人的生活。其对应的理想自我形象是"清心寡欲、超凡脱俗的世外贤雅"。这些心理需求会直接影响到作品的题材、形式、人物关系，乃至主题。超然型话语的突出特点之一是强调亲近自然，因为那里是脱离人群、逃避尘世烦恼的最佳去处。其次是亲近直觉和想象，远离理性和现实。由于超然型话语往往没有明确的主张，因而几乎看不到反映某种成熟意识形态的长篇巨作，短小的诗歌和散文才是他们理想的表达形式。典型的有陶渊明的《饮酒》、刘禹锡的《陋室铭》和梭罗的《瓦尔登湖》。

同时，任何策略都存在副作用。为了弥补，每一种性格话语都至少有一种代偿性的话语。对于超然策略者而言，一旦在外界的干预下无法从容超脱，必须回到现实，就容易造成心理上的瘫痪。他们的代偿性话语是宣扬绝对自由的无政府主义话语。最典型的当数梭罗的《论公民的不服从》及陶渊明的《桃花源记》。

此外，本书还分析了价值信念、作者的现实处境等一系列关系项和过程对文本形态和内容的影响，以及它们在动态互动过程中是如何不断塑造着话语的边界，促使作者在建构话语时朝此方向而非彼方向发展的。通过这些分析，我们构建出了一个较为完整并具备一定操作性的新型文学理论——复杂性文学话语理论。

在理想状态下，这一理论能够较为全面地超越形而上学。因为在复杂性话语理论的视野下，任何一个关系项的存在都无法决定话语最终以何种形态出现；同时，复杂性话语理论也超越了静止和线性的观点——话语的最终形态只能取决于各关系项之间复杂、未决（偶然）、非线性的互动关系。复杂性话语理论是中立的、开放的、分析的。它的理想境界（借用福柯的话）“是尽可能准确地确定话语的边界，指出一种话语以什么样的方式排斥着其他话语，它为什么不可能成为另外一种话语，它究竟在什么方面排斥其他话语，以及它为什么是独一无二的，为什么不可能出现在别的地方”。其目的在于为批评者找寻话语的轨迹提供一个参照体系，而并不预设任何确定的结果。这一理论不仅适用于分析文学作品，对于分析意识形态等其他文化现象也具有借鉴价值。

目录

第一章　文学理论的危机与症结 …………………………………… 1

第二章　方法论阐释与文献回顾 …………………………………… 9

一、后现代转向:还原论与复杂性理论 …………………………… 9

二、复杂性理论视野下的当代文论:解析德里达和新历史主义的悖论 ………………………………………………… 21

第三章　找寻文学话语的自组织系统动力发生模型 …………… 32

一、四种文学发生理论 ……………………………………………… 33

二、弗洛伊德模型的互文性阅读与评价 ………………………… 37

三、弗洛伊德马克思主义、自组织反馈回环与话语的性格中介 …… 42

四、意识形态、自我塑造回环与文学话语的动力模型 ………… 49

第四章　找寻话语的坐标:回环、关系项与文本形态的互动 ……… 57

一、关系项、回环的特性与文本形态 ……… 57

二、性格策略、理想自我与文学话语、文本形态 ……… 64

三、作者的真实自我、处境与文学话语、文本形态 ……… 74

四、宏观社会经济现实、话语现实与文学话语、文本形态 ……… 76

五、作者意识形态系统与文本形态 ……… 82

六、文本现实与文学话语 ……… 87

七、文学话语的动态过程性与组织 ……… 88

第五章　结束语 ……… 96

附录 1　文学塑型中的消费话语:话语形态与个案分析 ……… 101

附录 2　霍桑对爱默生超验主义的解构 ……… 111

参考文献 ……… 129

第一章 文学理论的危机与症结

回顾一个多世纪以来西方文论的发展历程，应该说解构主义以前的文论尚显稚嫩，充满了各种各样的形而上学和决定论。那时候人们对文本具有确定意义这一点毫不怀疑，普遍存有一个形而上学的信念：认为意义是客观的，由先于文本存在的某个本原(origin)所决定；只要把握这一本原，就能确切地把握文本的意义。

当然，对于这个客观本原究竟是什么，不同时期、不同批评家的理解不尽相同。早期出现的理论多从文本的外部去找寻意义的本原。例如以作者为本原的作者中心论(author-centered theories)，认为文本的意义与作者思想之间存在同一性(identity)，是作者思想的反映，因此文学批评的任务在于研究作者的个人经历、创作态度、灵感来源等，尤其是作者的意图。这类批评模式的代表是传记批评。再如，以现实/历史为本原的现实/历史中心论(reality or history-centered theories)，认为文本是现实、时代的产物，文本的意义与时代精神(Zeitgeist)同一，因此要解读文本意义，就必须到现实生活中去寻找参照系。这一理论体系的典型是早期的马克思主义批评。

到了 20 世纪,受到语言学研究的启发,形式主义批评(包括新批评和结构主义)一反传统的批评方式,转而到文本内部去寻找本原。按照这种文本中心论(text-centered theories)的观点,文本是一个独立于作者和现实之外的自为的(self-sufficient)封闭系统,文本的意义由其内部的客观形式和结构所决定。也就是说,文本的意义与其结构之间存在同一性。因此,文学批评无须考虑作者、现实等外在因素,通过研究文本的形式、结构,我们就能解读出文本的意义。

这些理论加深了人们对意义与文学要素(在他们看来是本原)之间关系的理解,但由于方法上的形而上学和还原论,它们对于意义的解释存在着诸多难以让人信服的地方。在当代文论学者眼中,文本的意义并不单单由上述任何一种所谓的“本原”决定,而是多重要素综合作用的结果。

通过上述分析可以看出,旧文论的主要弊病在于线性的决定论。解构以来的文论热潮一直试图克服这一问题,但成果并不显著。多数情况下,新文论只是部分地超越了旧文论中的决定论,表现出对含混和不确定性的笃信和崇拜;而在线性思维方面,却仍然同旧文论站在一条战壕里。有些依然固守文本中心,而大部分则走向了读者(批评者)中心论(critics-centered theories)。

具体而言,后结构主义(包括解构)依然没有跳出文本中心论的窠臼。例如,德里达虽然解构了结构主义,确立了意义的不确定性,但在方法上却因袭了结构主义的语言学传统和文本中心主义。在他看来,意义的不确定性源于文本结构本身的不确定性,是印迹(trace)延异(différance)运动的结果。所以除了走向另一个极端——将确定性换成了不确定性之外,他的思维方式和他试图解构的理论并无二致,依然是线性和直观的,甚至是决定论的[①]。正因如此,即使同情者也不难发现,德里达的思想中存在一个自我解

① 乔纳森·卡勒曾指出:“解构并不求助更高一级的逻辑原则或更优一等的理由,而恰是用为它所解构的法则。”参见乔纳森·卡勒《论解构》,中国社会科学出版社,1998,第 74 页。

构的怪圈:一方面他反对任何本原,另一方面他又不得不把延异解释为一切不确定性的本原;他反对任何结构,却把延异树立为一切事物无须验证的元结构(meta-structure);他反对任何中心和在场,但在他的解构图式里,不确定性排挤了确定性,能指(形式)排挤了所指(意义),读者排挤了作者,无异于在反对这些中心的同时建立起一个又一个新的中心、新的在场。另一位后结构主义代表人物巴特则求助于叶姆斯列夫的涵义符号学(Connotative Semiotics),希望从语言本身的涵义特点来解释意义的不确定性,同样没有超越文本中心论。

相比之下,与福柯的历史、文化思想有着亲缘关系的新历史主义,在方法上的突破更为显著。在"理想"的状态下,新历史主义在很大程度上超越了旧文论的方法论体系,转而采用一种多元的思维方式。与后结构主义(包括解构)否定作者和现实对文本意义贡献的做法不同,新历史主义在新型认识论的基础上,重新确认了两者的作用。在这种多元图式里,作者是意义建构的参与者,但却不具备主体地位。作者并非意义的中心和来源,而是通过文本进行自我塑型中的未完成的主体。其次,文化批评重新赋予现实要素参与意义建构的权利,但将大写的历史(History)降格为小写的历史(history),从而取消了凝结着现实因素的历史作为意义本原的地位。文化批评也关注文本,但他们眼中的文本是开放的,同样不具备中心的地位。

由于新历史主义在肯定三者参与的同时,又否定了它们的中心地位,这样意义与任何一种要素之间都不存在同一性。文本不是作者或现实的直观表达,而是一个不断塑型中(fashioning)的关系结构,这就克服了旧文论中的"同一性"情结,同时也打破了意义的实体(substance)存在。在新历史主义的图式里,意义不再是一段话语,或一个表达式,而是一种相互关系的结构。

从这一角度来看,新历史主义相对于以前的阐释模式在认识论上存在一个断裂和飞跃,至少潜意识上如此。旧文论,包括解构主义和后结构主义,无论选取哪一个事物作为中心,它们的哲学基础都是实体论

(substantialism)的,而新历史主义却"潜意识"地以新兴的系统论(system theory)哲学为基础。实体论孤立地看待事物,相信中心和本质(essence),属性(attribute)和现象是本质的表现;而本世纪 50 年代出现的系统论哲学则坚持普遍联系的观点,认为事物以系统的方式存在,系统内部有子系统,系统之外有母系统。系统的性质是各要素相互作用、非线性运动的结果。具体到文学批评领域,如果文本的意义是一个系统,那么作者、文本、现实就是构成这一系统的要素,意义是什么应该是三者相互作用的结果。

但是,由于新历史主义只是在潜意识层面上运用了系统论的方法,缺乏理论上的自觉,其朴素的系统论观点并不稳固,随时都有重新堕入实体论和形而上学的危险。事实是,新历史主义并未能彻底改变文学理论和文学批评的面貌,反倒很快就蜕变成为一种新的形式主义——一种以读者为中心的形而上学。

对新历史主义有微词者不在少数。归结起来主要有以下几个方面的问题。

一是主观历史观所表现出的任意性问题。既然新历史主义将一向被人奉为客观参照系的历史降格为和文学作品同样地位的文本,那么批评者就有了任意构造历史的自由。理查·勒翰指责一些新历史主义者"任意将历史修饰打扮、颠倒重组"[①]。而英国批评家弗兰克·克尔莫德(Frank Kermode)则批评一些学者"任意从文化背景中寻求论证","从成千上万的可能性中挑选出为己所用的'闪光情节',并不是这些细节本身会发光,而是因为他们能与早已存在于他们头脑中的一个想法'发生共鸣'。那个想法太诱人了,它能使作者跑到当时社会和神学思想的网络中任意穿行"。但是这些"令人激动的东西并不一定是真的"[②]。这样一来,历史实际上就成为批评者的心理体验了——批评者内心有何体验,就把历史塑型成什么模样。如果批评者不加以节制,那么对历史的成功解构不过是给了批评者随意阐释的

① 转自王岳川:《新历史主义的理论盲区》,《广东社会科学》,1999 年第 4 期,第 103 页。

② 宁:《新历史主义还有冲劲吗》,《外国文学评论》,2001 年第 4 期,第 149 页。

自由，这一建树的革命性将消失殆尽。

二是政治化、意识形态化的问题。由于受到左派思想的启发，包括福柯的权力话语和德里达对二元对立的解构，新历史主义一开始就具备了过于强烈的左派政治色彩。与其说在从事文学研究，不如说在致力于解构主流话语。其批评的目的很大程度上在于为种族、性别、文化等领域中的弱者争取平等的话语权，言必称颠覆和抑制。其结果是，不仅“历史自身的自主性和丰满性”，连文本自身的个性和复杂性也被歪曲了。如此一来，文学似乎刚刚摆脱了庸俗社会学的桎梏，又沦为政治斗争的工具。

这相应地导致了第三个问题的出现，即文学和文本边缘化的问题。在新历史主义的实践中，不少批评者先入为主地剪裁作品，从自己的需要出发，仅取其有利于阐发自己观点的部分，而对其他甚至是与之相矛盾的部分不闻不问。这样一来，“文学作品就成了被批评家随意搬弄的‘小小旁证’”。“不读作品即可批评，略知大概即可说三道四”[①]。这难免使人们对文学批评和社会批评的分野产生疑问，对文学的主体性遭到淹没感到隐忧。

这三个问题其实可以归结为一个问题，那就是“批评者中心论”。由于消解了过往文论中的作者、现实、文本中心，其中哪一个对于文本的意义都不再具有决定作用，这样作品的意义或者是文本与现实、作者之间的关系，就成了一些批评者随意摆弄的对象。批评者可以从自己的主观意志出发，去指派作者，虚构现实/历史，剪裁文本，从而把自己变成了事实上的意义的本原和中心。由于这一致命缺陷，新历史主义现在似乎已经走到了尽头。

至此，自德里达始半个世纪以来，对统治了西方文明2000年的“逻各斯中心主义”(即形而上学)的口诛笔伐，最终都陷入了一种无奈的循环——总是从打破一个中心开始，最后回到另一种中心；总是以新的形而上学代替旧的形而上学。

造成这一结果的根本原因还在于方法论的缺陷。后现代是一个认识论

---

① 陶东风：《文化批评向何处去》，《天津社会科学》，2000年第4期，第90～91页。

急剧转向的时期。文论中出现的对不确定性的推崇，对中心、同一性的颠覆，不过是这一时代潮流的小小分支。在超越现代思维的弊端方面，自然科学远远走在社会科学的前面，先后出现了系统论、自组织耗散结构理论、复杂性思维等一批成果。这些理论在自然科学界已经广为接受，成为理工科研究生阶段的必修课，并已渗透到部分社会科学领域，如哲学、社会学、心理学等，却迟迟没有真正走入文学理论研究。以文学领域主要关系项——文本、现实、作者、读者为中心的文论均已出现过并走向破产，不可能再有新的中心出现了。如果不能真正超越形而上学，文学理论就难以走出目前的困境。文论的危机本质上是方法论的危机。

另一个重要的原因是一些文论学者的实用主义欣快症[①]。并不是没有先进的方法论可以借鉴——系统论问世已半个多世纪，自组织理论的出现也有 30 多年。这些方法论没有被系统地引入文学理论研究并非偶然，而是与后现代西方知识分子的生存处境有着密切的关系。由于在现代西方社会，个体越来越成为社会机器中按既定规则运转的小小部件，一方准许话语自由的领地便成为众心向往的乐土。而文学批评的特殊地位恰恰给予了人们这种机会。正如特里·伊格尔顿指出的，文学批评是激进的左派“可以享受不完全处于权力的铁蹄下的轻松愉快”，“继续梦想一种……乌托邦”的少数领地之一。在这样一个领域里，“合理精确的认识在政治上并不是生死攸关的”，这样一来人们就“没有理由不应该转向自传或者趣闻逸事，或者干脆切开他们的文本放在卡片盒里寄给他们的出版商”[②]。

欣快第一，精确的认识反倒是其次。由于这个原因，西方的文论研究至少在潜意识上已经为意识形态所左右。而意识形态总是和一定个人、集团的利益相联系的，是有中心的。这就不难理解为什么西方文论始终没有真正突破形而上学；为什么虽然在意识形态立场上大家各执一词，解构也好，后殖民也好，女权也好，但对于不确定性的崇拜却出奇地一致。因为大家都

---

① 特里·伊格尔顿：《后现代主义的幻象》，商务印书馆，2002 年，第 8～9 页。

② 同上，第 8 页。

憎恨权力和确定性，而不确定性这道护身符给了大家无尽的自由。既然什么都是不确定的，那么你可以阐释你的，我可以阐释我的。不乐意了，我还可以解构你，压制你的话语。文学批评某种意义上成了批评者任意游戏、自我实现的天堂。

由此可见，要想摆脱文论的危机，克服研究中的“实用主义的欣快症”势在必行。为此，我们有必要界定一下文学研究的范围——明确文学研究与社会批评、普通读者与文学批评家之间的界线。社会批评走的是意识形态取向的社会介入路线。批评者的目的在于扬此抑彼、争夺话语权，要的就是立场鲜明，东风压倒西风。因此，社会批评与形而上学有着天然的亲缘关系，不可能也没必要实现对它的超越。只要不违反法律，任何从事社会批评者都可以出于自己欣快的需要，选择站在弱者、当权者或者个人的立场上，对社会现象乃至文本意义进行随心所欲的阐释。普通读者也可以拥有这样的自由，尽可以把个人的善恶喜好投射到文本中去，或攻击以宣泄自己生活中的积怨，或讴歌以期抓住自己破碎梦想的泡影。

但从事文学“研究”的文学批评家则不应贪图这份欣快与自由，也不应当把原本非常严谨的学术研究工作和公民肩负的道义责任混为一谈，而是应当带着科学家在大自然面前的那种谦恭与卑微，尽可能排除自己的个人喜好，把文学现象当作不以自己意志为转移的客观实在来研究，以科学的态度去探寻文学话语的客观构成，探寻与意义建构相关的各种丰富而动态的联系。不能因为不会像科学家一样，立刻受到自然规律的惩罚，面临研究失败之虞，便天马行空，指点江山。

文论危机的第三个重要原因，在于这几十年来西方文论是建筑在“拿来主义”基础之上的。自解构主义以来，文学批评中出现了很多理论，有语言学、哲学、社会学、国际政治学、心理学的，但是它们都不是真正的“文学”理论。结构主义、后结构主义源于语言学，新历史主义源于文化史学，西方马克思主义源于哲学，后殖民和女权批评则源于政治学和社会学的理论。不可否认，由于存在着交叉关系，我们很难也不应当将文学与这些学科截然分开。借他山之石以攻玉原本就是文论成长的必经之路。问题在于，多数情况下我们只是把其他学科在特殊语境下取得的研究成果稍加批判、略为本土化就直接引入文学批评中去了。不少理论并非建立在认真分析文学特殊规律的基础之上，所以它们无一例外只适用于少数文本。一旦所谓新视角带来的可能性被耗尽了，也就偃旗息鼓了。

鉴于此，要克服文论的危机，有必要加强以下两方面的研究：一是确定现有理论在方法论上面的缺陷，代之更科学、更符合研究实际的认识论和方法论；二是在新的方法论的基础上，切实研究文学话语发生、演化的规律。这两点正是本书的主旨所在。

第二章

方法论阐释与文献回顾

后现代是一个认识论和方法论急剧转向的时期。为了更好地分析现有文论的缺陷,阐述新兴方法论体系——复杂性思维模式的精髓,有必要首先回顾一下后现代转向的内涵与实质。

一、后现代转向:还原论与复杂性理论

20 世纪下半叶以来,人类认识体系经历了或者仍在经历着一次划时代的转向,表现为由现代还原主义认识论(亦称还原论、简化论),向后现代新兴认识论过渡。由于这一全新的世界观、方法论尚在形成和扩张过程中,其复杂程度也是前所未有的,所以当下很难用几句话给它下一个明确的定义,甚至给不出一个公认的统一名称。它涵盖了自 19 世纪末以来试图超越形而上学和牛顿主义思维的一系列既有所差异又彼此兼容的理论,如一般系统论(General System Theory,路·冯·贝塔朗菲、欧文·拉兹洛)、整体论

(Holism)、自组织和耗散结构理论(Self Organization and Dissipative Structure,伊·普利高津)、系统辩证法(Systematic Dialectics)、关系本体主义(Relational Ontology,广松涉)、复杂思维范式(the Idea of Complexity,埃德加·莫兰)等。为了方便起见,我们姑且统称为复杂性理论(Complexity Theory,米歇尔·沃尔德罗普)。这一新的世界观,在理想的状态下,基本上超越了还原论的缺陷,为人类进一步认识复杂事物、认识世界提供了坚实的基础。

(一)还原论

作为17、18世纪牛顿时代的产物,还原主义超越了宗教神话的创世说和目的论,将对世界的认识建立在对客观规律的信仰之上。在20世纪之前,还原主义的出现极大地促进了人类知识的进步。但是,受当时客观条件的限制,还原主义倾向于用机械、孤立、静止和所谓客观的眼光看待世界。人们相信现实世界是有序的,充满了决定性、必然性,事物彼此独立,主客观也彼此分离。事物的客观存在与观察者/构思者的知觉结构、文化类型和主观能动性无关,同时宇宙间的一切秩序都是亘古不变的。在还原主义视野下,"宇宙被认为是遵守法则的、有序的、普遍的和完全可以预言的。全部事件——过去、现在、将来——都取决于相同的法则,在自然界平滑运行的齿轮中不会出现任何变化和不确定性"[①]。

这一宽泛的认识体系可分解为实体论、决定论、机械论等几个方面。为更好地说明后现代转向的实质,有必要说明一下这几方面的内涵与表现。实体论[②]把世界看作无数个独立实体的集合,是一种极其朴素的先验的决定论。按照斯宾诺莎的定义,实体的存在是它自身的原因,它以自身互为因

---

① 斯蒂芬·贝斯特,道格拉斯·科尔纳:《后现代转向》,南京大学出版社,2002年,第263页。

② 严格地说,实体论属于古典主义的认识论。它是由亚里士多德确立的形而上学的核心内容。还原主义整合了实体论,并把它作为其认识论的基础。

果，不需要从自然之外假设第一推动力或终极原因。换句话说，就是事物不依赖其他事物存在，自己就是自身的本原。与实体紧密联系的另一概念是属性。实体是属性存在的依据，属性是实体的必然表现。

实体论的逻辑是主谓逻辑——S是P。其中，主词S是实体、个体，谓词P说明主词S的属性①。实体（中心，或是本原）决定了属性的必然出场，二者之间存在同一性。实体论最典型的例子就是文革时期的出身决定论：贫下中农的子女一定根红苗正，资本家子女的意识形态也一定是资产阶级的。这样的观点现在看来似乎很可笑，但由于人们对实体逻辑习以为常，日常生活中每个人都不可避免地犯着类似的错误。例如，学习好坏是由外部条件、本人天赋、内驱力甚至人际关系等多重因素决定的。而现在国内许多家长只专注于给孩子提供好的条件，不惜重金让他们上好学校，给孩子报这样那样的兴趣班、辅导班，认为这样就能让孩子学得更安心、更好，忽视了对孩子情商和内驱力的培养，结果往往事与愿违。

还原主义另外两个核心——机械论与决定论，是对实体论的丰富和补充，体现了人们对事物的认识从一元的实体走向了二元的关系，也体现了人们对事物内部秩序——整体与部分、事物与事物之间关系的认识。还原逻辑相对于实体逻辑的进步，在于它在主谓之间嵌入了关系，主张主谓关系逻辑，用符号表示就是SrP。其中，主项S是实体，通过某种确定、线性的关系r决定谓项P的属性②，如牛顿的万有引力定律，还有索绪尔的横聚合、纵聚合等。解构以前的旧文论都是以这种还原论逻辑作为方法论基础的，它们所用的逻辑分别如下图示：

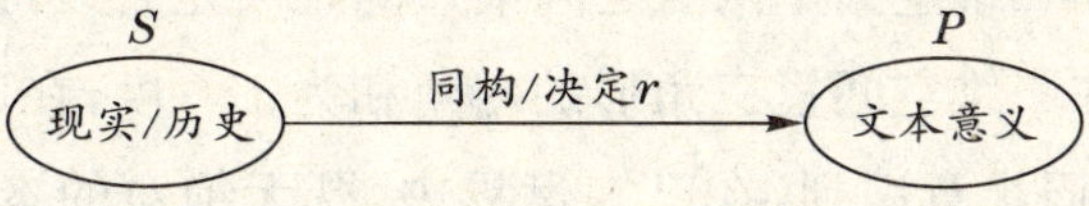

图1-1 现实/历史中心论

---

① 罗嘉昌：《从实体逻辑到关系逻辑》，《哲学门》，2001年第1期。

② 同上。

图 1-2 文本中心论

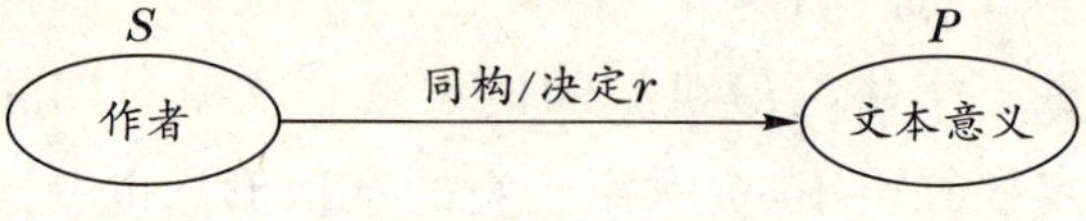

图 1-3 作者中心论

人类根据还原论发现了分子、原子、粒子，还有冥王星，这说明还原论在一定程度上是有效的。但是，还原论的合理性是基于这样一个假定，即这个世界是个线性、加和的系统：整体等于部分之和；整体的性质等于部分性质之和；事物内部诸要素之间、事物与事物之间存在类似 1 加 1 必然等于 2 这样线性、单一、恒定的秩序，不存在任何随机性和模糊性。由于这一原因，它的适用范围极其有限——仅适用于一些线性、加和的简单物理系统。一旦超出这个范围，比方有两个以上的关系项参与决定某一事物的发生，还原论便会失效。例如，牛顿的万有引力定律虽然可以较好地阐明地球围绕太阳的公转轨道，却无法解释月球在地球、太阳双重引力下的复杂运动，因为这其中牵涉到更为复杂、非线性的关系。

由于真实世界是复杂、非线性的，随着人类认识的进步，旧有的边界不断被打破，原本被看作是绝对真理的东西必须被条件化，原本线性的关系必须重构。例如，在二维空间里两点之间最短的距离是直线，但在四维空间里则是一条曲线；在二维空间里三角形的内角和为 180 度，在四维空间里则大于 180 度。人类逐步意识到，在已知世界中，既无绝对的本原，也没有绝对的边界，因为任何事物的内外总有各种显性、隐性的东西在发生着作用，总可以不断地追寻下去。正如米歇尔·沃尔德罗普所说："除了非常简单的物理系统外，世界上几乎所有的事物……都被裹罩在一张……巨大的非线性大网之中。一个地方小小的变化会导致其他所有地方的震荡……我们无法不扰乱宇宙。整体几乎永远是远远大于部分的总和。用数学来表示这个特征——假如这样的系统可以用数学来表示的话——则这就是个非线性的方程式：画出来的图线是弯曲的①。”

面对这样一个世界，如果我们还执着于还原思维，所获得的认知必然与现实相悖。因此，人类迫切需要找寻一个与事物复杂性相匹配的认识论、方法论体系。在此背景下，以相对论、量子物理的出现为转折点，20 世纪的认识论出现了向复杂性思维模式转变的趋向。

（二）复杂性理论

复杂性理论所包含的一系列理论，均源于自然科学的研究，如一般系统论来自生物学，耗散结构理论来自热力学的研究，是在科学观察和实验基础上对事物的生成、存在、演化等进行的哲学抽象和概括。针对形而上学和还原主义的主要谬误——实体、中心、同一性、静止、决定论等观点，复杂性理论在总结科学发现的基础上，提出了一系列全新观点，以超越这些弊端。

虽然不同理论之间也存在着分歧，但在一些基本点上是一致的，主要包括以下几点。

1. 事物存在的状态：系统 Vs 实体；关系 Vs 中心；开放性、普遍联系 Vs 封闭、孤立

复杂性理论首先要确立的是复杂性和系统观念。它强调事物以系统的方式存在，整个世界是一个由相互联系、相互交叉、相互包含的系统组成的集合。事物与事物之间并没有清晰的边界，而是被嵌在这样一个完整、永动的网络之中，在相互联系中互存互动。事实上，任何事物存在的方式，都远比我们直观感觉到的要复杂。例如通过物理学，我们知道晴朗的天空是蓝色这一看似简单的物理现象，实则是一个包括阳光、大气、人眼等多个要素相互作用生成的复杂系统。天空本是无色的，而阳光是由七彩构成的白色，

① 米歇尔·沃尔德罗普：《复杂——诞生于秩序与混沌边缘的科学》，三联书店，1997 年，第二章。

大气中的气体分子散射了阳光中波长较短的蓝色光，被能够感知蓝色光的人眼捕捉到，才使我们看到天空呈现蓝色。

世界上的所有事物均由这样的复杂系统构成。系统无所谓中心，构成系统的任何一个关系项[①]（relational term）都不能决定事物的必然出场，但离开其中的任一个，此系统也将不复存在，而转变为彼系统。例如，若将人眼换成鹰的眼睛，同样一片天空，在能感知紫外线的鹰看来，则是紫色的；在火星上，人眼看到的天空则是红色的。因此，任何关系项都只是系统出场的必要条件而非充分条件。由于其他关系项的参与，系统的性质与其中任何关系项的性质都不存在同一性。拿文学批评来说，文学话语至少由现实、作者、文本三个关系项构成，旧文论分别以其中的一个关系项作为中心，将文本的意义与之同一，均是偏颇的。只有坚持用系统的观念进行思维，同时将三个或者更多的关系项加以综合考虑，才有可能超越实体、中心和同一性。

不过，仅仅认识到当下系统发生的多元性，做到多元思维，还远远不够。正如前面提到，系统与系统之间并没有清晰的边界，而是被嵌在一个完整、永动的网络之中，在相互联系中互存互动。系统之内有系统，系统之外还有系统。要相对客观地把握一个系统，还需要把握各关系项的系统特性及它们之间复杂的互动关系，因为参与系统的各个关系项也并非实体，它们也各自拥有一个动态的网状结构。同时还必须看到的是，我们所要研究的当下系统本身也不是封闭的实体，而是更大系统的一个组成部分。严格说来，只有把握了它周围要素的全部动态联系，我们才有可能真正把握事物。试图割裂它与周围因素的关系，或将观察到的一些关系绝对化，都是危险的。

综合起来，系统逻辑可以归结为一种多元函数的逻辑，可以简单地表示为 S=(M, R)，其中 M、R 分别为系统 S 的关系项集合（对象集）和关系集。但是其中的每一个关系项又都分别可以表示为一个 s=(m, r)，而系统 S 应

---

① 即还原思维模式中的“要素”，但要素指的是事物不可或缺的组成部分，而关系项则参与系统而不从属于系统。如阳光参与“蓝天”系统的建构，但并不属于“蓝天”。

该是更大的系统的一个关系项[1]。

＊方法论意义

在过往文学批评实践中，也看到过一些将现实、作者、文本三者综合起来分析的做法，如许多文学史，但得出的结论未见得比其他方法更富创见。这主要是因为批评者没有把现实、作者甚至文本当作系统来看，而是把它们看作是单质、同一的实体，在此前提下以所谓时代精神、作者的思想作为参照物来解释文本的含义。例如，如今评论德莱塞，一般认为他处在一个生产意识形态开始让位于消费意识形态的时代。德莱塞敏锐地预见到这种新的意识形态。“但他毕竟是从‘旧’时代过来的，带有很深的旧时代的印记”，加上作者想要谋生，必须考虑到特定阶层的读者和出版效益，所以“不可能完全放弃以生产意识形态为主的道德标准，去完全拥抱新的以消费为主的道德标准”[2]。这一矛盾体现在他的作品中，由此我们得出结论——他是一个无法超越其文化假定的作家。

类似的观点虽然综合考虑了现实、作者、文本三个关系项，但却没有走向全面的系统观念，还残留着实体论的影子。在这样的视野下，现实是铁板一块的现实——是一个由生产意识形态向消费意识形态转变的时代；作者的思想也是由时代所规定的清晰而单质的思想（虽然包含着一些个性因素）；而文本则是时代精神和作者思想的反映。这其中隐含的逻辑关系也是整齐划一的文化决定论的同构关系——时代精神决定作者思想并间接决定了文本的内涵。这显然不符合客观实际。

所以，要想彻底脱离还原思维，尽可能避免片面与武断，仅仅综合考虑这三个关系项还是不够的，必须用彻底的系统观点去克服这种将复杂联系简单化的做法。无论现实[3]、现实中的意识形态，还是作者的思想，都是异

① 罗嘉昌：《从实体逻辑到关系逻辑》，《哲学门》，2001 年第 1 期。

② 朱刚主撰：《新编美国文学史》（第二卷），刘海平等主编，上海外语教育出版社，2002 年，第 166～167 页。

③ 由于文学多半是研究过去的文本，所以“现实”基本等同于“历史”。

质、多元的系统。现今的所有思想都可以从生活在几百年甚至上千年前的祖先那里找到近亲。所以当后现代哲学家们发现，早在 2000 多年前老子就具备了朴素的混沌和系统辩证法思想，或者文学界发现 18 世纪的《项狄传》包含了后现代的要素，应当不是什么新鲜事。因为从来就没有什么单一的时代精神，在任何时代里都会有无数种话语在竞争着主导权。对于一个时代，即便我们可以发现了一些具有相当共性的意识形态，它们对某一具体话语的产生也没有必然的规定性①。至于作者的思想，心理学早就揭示了人类意识与潜意识的双重存在。

牛顿在解决了两个天体互动的问题，即受到另一天体引力的一个天体的轨道只可能是一个椭圆、抛物线或双曲线之后，原本满怀信心想计算出月球在太阳、地球双重影响下的运动轨迹，结果用了 1 年的时间也没有任何结果。后来瑞士数学家欧拉花费了 40 年工夫，同样没有成功②。因为即便加入一个关系项，它们之间互动关系的复杂程度也会呈几何指数倍放大。在现实、作者、文本分别都是一个多元系统的情况下，它们之间关系的复杂程度就可想而知了。可以肯定的是它们不可能是简单的同构—决定关系，而是一个复杂关系的集合。

确认系统是事物存在的根本方式还意味着我们必须从根本上改变对文学话语的认识。既然一切事物均以系统的方式存在，那么文本的内涵就不该被理解为一种确定的思想、一个观点，或是一个表达式。它不应该也无法用简洁、确切的话语表达出来，而只能表示为该文学话语存在的所有关系项、条件和关系的集合。

同时，彻底的系统观念还要求我们必须考虑主客观适度分离的问题。作为批评者，除了要尽可能客观地把握文学话语，还必须考虑人类自身的特性。从系统和普遍联系的角度来看，主客观是难以分离的，批评者在解读文学话语的过程中已经参与到系统当中去了。人类自身的特点会干扰观察的

① 至于为什么会这样，我们将在后面的章节予以阐述。

② 郑春顺：《混沌与和谐》，马世元译，商务印书馆，2002 年，第 99～100 页。

结果。这就要求研究者在进行研究的时候，必须首先检讨自身理解、观察文本的方式，使其方法尽可能地符合文学话语客观的存在方式，从而减少主观对客观的干扰。这里之所以要探讨方法论，意义也就在于此。

2. 事物的发生：偶然性 Vs 必然性；自组织 Vs 决定论；个性 Vs 共性

复杂和系统观点的确立，必然会动摇一系列与实体、中心相互依存的概念，首当其冲便是必然性和决定论。在还原论的图式里，事物都存在一个中心，这些中心决定事物或现象的必然出场。而在复杂性思维图式里，系统（事物）是由多个关系项参与构成的，其中任何一个关系项（要素）都无法决定系统的必然出场。各关系项之间的关系以及系统的最终形态是相互作用并涌现（emerge）出来的，是自组织（self-organization）的结果。

所谓自组织，是指自然或客观事物本身自主地组织化、有序化的过程。系统的自组织，即是系统自发形成组织结构、自我发展和自我运动的过程[①]。按照复杂性理论的观点，自组织大于决定论，偶在性大于必然性，个性大于共性，并分别互为补充。归根到底，世界上任何事物的出现都是偶然、随机的。或许这其中最大的偶然就是人类的出现。虽然有一些科学家致力于寻找外星高智慧生命，但也有不少人怀疑，在现阶段人类或许是茫茫宇宙间唯一的高智慧生命。因为要人类出现在地球上，需要列出无数个先决条件，诸如适宜的温度、大气、离恒星适当的位置、行星的大小、恒星的年龄、地球的活力、生命长期的进化等，很多是我们今天还没有了解的。在宇宙间找到与地球状况、历史完全相同行星的可能性十分渺茫。即便有智慧生命，他们的种属、模样可能也与我们大相径庭。因为任何系统都是开放的，事物是普遍联系的，一个偶然因素的干扰，就会使结果发生极大的改变。可以假设，如果有什么偶然因素使得近几十万年的气候相对冷一些，那么现在统治地球的很可能就是御寒能力更强的尼安德特人（Neanderthal），而不是现在的人类。

---

① 埃里克·詹奇：《自组织的宇宙观》，曾国屏等译，中国社会科学出版社，1992 年，第 29 页。

*方法论意义

同样的道理，任何文学话语的出现，也都是随机、个性、偶然的。其结果是，每一个话语系统都是全新的，与任何既有的话语都存在差异。批评者没有理由削足适履，用既有的话语去框定一个文本的内涵。文学话语具象、弥散、复杂的特性，为我们从多种角度解读文本提供了可能。但可以肯定的是，不去尽可能还原话语的生成形态，而是从主观意识形态出发解读文本，只会导致误读。以德莱塞的小说《嘉莉妹妹》(*Sister Carrie*，1900)为例，出版商拒绝出版是因为从他认同的文雅传统(the Genteel Tradition)来看该书有伤风化；而负责审稿的诺里斯则从自己的现实主义情结出发，认为这是一本客观记述现实的好书。这些解读固然有其合理的一面，但它们都忽略了这样一个事实：不管小说写了什么，它肯定是一个全新的话语系统，包含着与他人经验迥异的人生体验。

还有一种常见的批评方式，不是从自己的主观意识形态出发，而是用既有的一些哲学或者宗教思想去剪裁文本中丰富而具体的话语。例如在文学批评实践中，我们常常看到类似这样题目的论文：从女性视角解读某某作品，某某作品的存在主义解读，等等。采用的逻辑也是极其简化的三段论。例如：

大前提：存在主义有如此这般的观点；

小前提：某某作品中存在与这些观点有相类似结构的事件、现象；

结论：此作品为一部反映存在主义的作品。

或如：

大前提：许多文化现象是不同文化碰撞、融合的产物；

小前提：某作品中存在某异质文化的特征；

结论：此作品是文化碰撞、融合的产物。

下面的例子可以说明上述两类批评方式的偏颇之处。儿子过节前提了一大堆东西上父母家，很多邻居都看到了，各自从自己的生活经验出发做了一番评价。A说："真是个孝顺儿子。"（大前提：过节给父母送礼物的孩子都是孝顺孩子。）B说："还不是冲着遗产去的。"（大前提：没有真正的孝子，他送东西肯定是有所图。）C说："这家儿媳还不错。"（大前提：儿子不孝主要还是儿媳妇坏。）D说："肯定是背着老婆送来的。"（大前提：现在的女孩只顾自己家，不管公婆。）E搬来不久，说："十有八九是送丈母娘的。"（大前提：现在都是妻子当家，做儿子的都娶了老婆忘了娘。）而真实的情况可能是，儿子一直与父母不和，平时很少上门，最近自己的儿子越来越叛逆，不服管教，伤心之余渐渐开始懂得父母的心，加上看到邻居老夫妻儿女不孝，晚境凄凉，联想到自己和父母，不免生出几许自怜、几许负疚，正好过节单位又发了东西，闪念之间决定将这些东西送到父母家去，满足了一下做孝子的感觉。

从这个例子我们不难看出，既然每件事情的发生都是唯一的，不去找寻促使一个文本、话语发生的所有个性的要素，并试图把它们之间的复杂互动还原出来，而是从某种已有的认识出发去剪裁客观使之符合主观，显然有失偏颇。从事文学批评的人，不少从潜意识里怀疑自己研究的价值，正是因为在很大程度放弃了自己"创造性发现"的权利。如果总是从自己已有的观念出发，或者借用其他学科的观念来做削足适履式的分析，那么即使换上100个角度去阐释文本，也只是在旧有的认识里腾挪。每一个文本都是全新的，必然包含着新的关系、新的互动方式。因此，理论上说，对每一个文本的研究都会有新的发现。

但是，多元和复杂催生出来的偶然性并不绝对排斥确定性，并不意味着消解了还原论或者形而上学的中心，消解了绝对的决定论，批评者就可以任意阐释。偶然性中同样包含着必然性，不确定性中同样存在确定性，只要所有的必要条件都具备，事物就是可重复的。不会说，同样是万里无云的晴天，今天是蓝色的，明天是红色的。在条件大致相当的情况下，系统是相对稳定的——只要生产方式没有根本的改变，无论秦末还是明末，哪怕农民起义成功100次，建立起来的也仍是封建王朝。这是因为，关系项系统的特性及关系项之间的相互关系，对一个系统的最终形态是有规定性的。

所谓偶然性和不确定性，仅仅意味着同一类型的系统，它们具体的关系项组合及互动关系是不确定的，我们无法从固定的关系项组合和关系组合出发去推知一个必然的结果。例如，一个人成长过程中涉及的关系项是如此的复杂，我们不可能从 3 岁就看到老，不可能预知在他身上会发生什么，他会成为什么样的人。但是，这种发展、演化又是有边界的。一个人可以长寿，但不可能活到 300 岁；他可以变得很理性，但不可能没有七情六欲。文学理论的任务就在于找寻这些边界。

总之，文本诞生的过程，是个既偶然又必然的自组织过程；文本内外涌动着一个不以读者/批评家意志为转移的客观的话语系统。我们需要做的，正如福柯所言，是分析一种话语"发生的特异性，确定它存在的条件，尽可能确定它的界限，建立它与其他陈述之间可能的相互联系，指出哪些形式的陈述是它所排斥的"；"我们必须指明为什么它是此而非彼，在哪些方面它是排斥其他话语的，它是如何在其他话语中间、在与它们的相互关联中占有其不可替代的位置的"。一句话，这个话语的"特殊存在是什么，它为什么不出现在别的地方"①。

3. 过程、动力结构 Vs 固定、静止结构

不过，仅仅有上述观点依然还不足以克服还原论。在德里达的图式里，我们也看到差异性（从另一个角度说，就是个性），把事物的存在也描绘得深奥得让人摸不着头脑。新历史主义深受解构与福柯的影响，也强调不存在同一的历史，选择从个性的历史出发，挖掘一些作家不为人熟知的轶事，与文本进行互文性阅读。这些理论和方法，都强调随机、偶然、个性，甚至是系统、多元，但他们最终都没有逃脱形而上学的中心。

之所以会出现这样的结果，是因为在他们的思维模式里面，均缺乏动力学的观点，没有考虑系统发生的推动力，以及系统生成、维持过程中的能量

① 米歇尔·福柯：《知识考古学》，谢强等译，三联书店，2001 年，第 28～29 页。

流动。马克思主义和弗洛伊德的精神分析学说都是典型的动力学理论。马克思主义关注矛盾。没有矛盾作为动力，就不会有事物的生成、存在与演化。且不论弗洛伊德把一切都归因于力比多是否正确，他的动力心理学的架构无疑是经得起时间的考验的。如果大爆发的原始动力丧失殆尽，整个宇宙就会沉寂，人类社会就不会发展；没有阳光输入能量，天空永远也不会有颜色；不与之发生冲突，纵使一个人为某种话语所包围，这种话语也不会在他的头脑中显现；同样，没有心理动能，作家就不会提笔创作，也根本不会有作品。

＊方法论意义

世界上的万事万物都是动力系统，文本与文学话语也不例外。文本涉及什么、又表达了什么都是有动力发生基础的，任何关系项参与一个系统时都有其独特、切实的动力学的通道。因此，研究文本内外的互动关系的时候，必须尽可能地掌握互动关系的源动力和能量交换，这样才能尽可能近似地勾勒出话语的真实存在。像新历史主义那样从主观出发进行拉郎配式的分析基本上是无效的。绘画也好，逸文轶事也好，只有切实与文本存在动力互动关系，才能够纳入考察的视野。

二、复杂性理论视野下的当代文论：解析德里达和新历史主义的悖论

第一章已经概括谈到，当下文论主要存在三方面的问题：方法论的缺陷、意识形态的侵扰以及理论上的拿来主义。在有了上述复杂性理论准备之后，接下来我们将以德里达的解构主义和新历史主义为例，从方法论的角度进一步分析现今文论的缺陷。

无论是解构还是新历史主义，都认识到破除实体和同一性的重要性。但是，仅仅做到这一、两点是不够的。复杂、系统、自组织、偶然性与确定性互补、动力发生等观念在超越还原论上相辅相成，缺一不可，其中任何一个缺席，都会使一种理论难逃形而上学的桎梏。解构主义和新历史主义之所

以最终难免走向悖论，主要因为它们在方法论上只进行了局部的革命。

(一)解构的悖论

两者相比，解构的问题更多一些。前文提到德里达解构的悖论。一方面他反对任何本原，另一方面又不得不把延异解释为一切不确定性的本原；他反对任何结构，却把延异树立为一切事物无须验证的元结构；他反对任何中心和在场，但在他的解构图式里，不确定性排挤了确定性，能指（形式）排挤了所指（意义），读者排挤了作者，无异于在反对这些中心的时候建立起一个又一个新的中心、新的在场。这一悖论起因于德里达方法论上的短板。乔纳森·卡勒说解构“并不求助更高一级的逻辑原则……恰是用为它所解构的法则”虽然有些绝对，但基本切中了解构的要害所在。

德里达提出解构理论，其目的并不在于反对现代思维中的还原主义，而在于颠覆在他看来统治了西方 2000 多年的逻各斯中心主义。横向比较一下，我们会发现他所谓的逻各斯中心主义（logocentricism）或在场形而上学（the metaphysics of presence），基本上等同于传统哲学所说的实体论。按照他的定义，在场形而上学体现了人们对某种所指的迫切的、强烈的、系统的、不可遏止的欲求，是一种把存在规定为在场的思想。这种所指是终极的、真理的、第一性的东西，与它们背后所包含的根本原则、支配性的力，构成了一系列的恒久不变的逻各斯（logos）。例如，犹太人本性就是劣等民族；阿尔及利亚出生的“黑脚”必定逊色于本土法国人；“药”就是治病救人的；“毒品”就是恶魔等。背离这些逻各斯就意味着谬误。在场形而上学将事物封闭化，将事物的属性固化，主张先验的在场决定不在场的必然出场。这些实际上就是实体论内核，只不过换种角度、换了术语而已。

因此，可以认为德里达对现代认识论弊端的认识是片面的，他只看到了现代思维中的实体论缺陷。他所从事的对于“所指”、“药”、“毒品”等概念的解构，目的都是否定同一性、确定性，打破实体；而对于还原论的另外两个内核——机械论和决定论，他也反对，但却是局部、暂时、实用的，只在解构某一实体时才动用。他反对在场形而上学的方法也很简单，就是用差异性对抗同一性和二元对立，用绝对动态对抗静止的确定性。除了这两点之外，他依然是个不折不扣的机械决定论者和还原论者。

首先，在德里达的图式里，意义是构成文本的单一要素——印迹的延异运动的结果。这说明德里达依然恪守整体等于要素之和、整体的性质等于要素性质之和等机械决定论的信条；遵循着向下寻找本原、向上还原整体的思维模式，寻求把语言分解为不可分割的单一的最小单位（要素）——印迹；认为作为一个整体，语言的性质是由印迹这一单一要素的性质所决定。因此，实际上并没有走出同一性。

其次，在要素与要素、事物与事物间的关系上，德里达也同样遵循着还原论的路线。复杂性理论认为，不确定性是构成系统的多元关系项（要素）非线性互动的结果。而在德里达的图式中，这种相互关系却是简单线性的。一方面，表现在非此即彼的二元对立。实体论将事物看作静止封闭的实体、赋予事物以固有本质的做法固然片面，但不存在绝对的实体，并不意味着只存在绝对的非实体，而别无中间地带。恰恰由于他所反对的二元对立的观点在作怪，德里达从确定性走向了另一个极端。只要是同一的、在场的，在他看来都是错误的，从而将事物的运动绝对化，否认任何形式的相对静止。另一方面，表现在寻找单一秩序的企图上。在他看来，事物之间的关系只有延异，别无其他；而且这一关系是稳态的，从要素到事物再到系统贯穿始终。这实际上演变成了一种确定的不确定性思维。

由于确定性思维和实体是互为条件的，所以虽然德里达意在解构实体，但由于方法上未能整体超越还原论和实体论，他的思想体系还是建立在实体基础之上。所以，无论他怎么反对实体（在场），他都无法规避实体，最终又回归实体论。

以德里达用以解构能指/所指同一性的延异说为例。虽然他避免将符号看作实体，意图解构能指与所指的同一，但他的延异说要成立，却需要以实体作为基础和保证。按照德里达的解释，延异包含差异和延宕两个方面。

差异存在的前提，是事物有相对清晰的边界。如果事物、概念果真如德里达所言，都是变动不居的，没有任何性质的同一性存在，整个世界是混沌的一片，那么作为经验者，人们根本无从辨别此者与他者的差异，差异也就无从谈起。在他著名的演说中，德里达为了证明差异的客观存在，引用了弗洛伊德和尼采的观点。但是，无论尼采还是弗洛伊德所说的差异，都是建立在实体基础上的差异，以此为证无异于回归实体论，变相证明了实体的存在。

为了绕开实体谈差异，德里达曾尝试用非决定论的"间隔"(interval)和"空白"(blank)来解释差异的存在，但仍然无法回避差异的实体本原问题。如果主体尚且无法辨认，何谈间隔和空白呢？路易斯·豪德宾在对德里达的访谈中就对间隔说提出了质疑，认为在差异的系统中，"主体被要求建筑自身"①，就是说，在差异系统中主体必须作为一个实体存在。而德里达对此不得不表示认同，说"间隔不能说明差异"，反倒是"不同的事物，这些差异提示了间隔"②。

同样，延宕之说也立足于实体论。由于德里达事先假定印迹不是实体(在场)，那么延异就不可能是印迹自身运动造就的，否则它就是以自我为推动力的实体了。如果这一点是肯定的，那么德里达延异说必然包含着另一逻辑假设，即时间的间隔及分秒流逝必然给事物(包括印迹)带来改变。就是说，时间必须是实体，是动因，这样它才能造成印迹的运动变化，延异之说才能成立。如果说时间不是实体，那么延异运动则是由其他因素造成的，延异之说就没有存在的必要了。

然而我们知道，进入后现代，无论在科学还是哲学意义上，人们都不再把时间看作是一个实体。相对于时间，运动才是更为根本的东西。时间作为一个概念，从哲学意义上说，是人们对变化的一种经验的描述，是心理的，而在物理意义上则是测量运动与变化的单位。总之，时间既非实体也非物

---

① 路易斯·豪德宾：《立场》，见包亚明主编《一种疯狂守护着思想》，何佩群译，上海人民出版社，1997年，第123页。

② 同上。

质，而是人类经验的派生物。严格说来，世界上并不存在所谓的时间，它所谓的流动也不会引起任何变化，相反只有由更深层次因素导致的运动和变化才会引起人们对时间的体验①。因此，建立在时间实体之上的延异说，随时存在解体的危险。

由此可见，德里达整个反实体（在场）的思想体系都是建立在实体基础之上的。当然，这一分析是建立在一个隐含前提之上的，即延异运动不是第一性的，是有理据、有动因的。如果这一前提不成立，那么上文对德里达的一切指摘就会面临失效。

但是，即使这一前提不成立，德里达还有陷阱需要跨越。如果延异不是派生的，而是第一性的，先于印迹而存在，它的存在规定了印迹的差异和运动，那么延异又有回归实体的危险。因为这样一来，延异无疑成为了在场和本原。虽然在这里，关系取代了具体事物成为了在场，但实质上并未超越实体论，只不过实体不再是具体的事物，而是关系而已。如此一来，延异说不过是一种乔装过的结构主义。

德里达明白两方面的困境：如果延异是派生的，那么它必须建立在实体之上；如果是第一性的，那么它自己就会变成新的在场（实体）。面对质疑，德里达不得不借助先验论，说延异是“沉默的”，“既不是静态的也不是发生的；不是结构的也不是历史的；它就是如此”②。表面上看，这解决了问题：是沉默的，不是结构的，那么它就不是本原，不是在场；不是发生的，不是历史的，说明它也不是派生的。那么它是什么？只能是先验的！如果为了反对实体论而借助先验论，不仅不是进步，只怕已脱离了科学探讨的正确轨道。

归根到底，延异说之所以失败，在于它以语言是实体作为前提。德里达在研究意义的时候，并没有考虑语言系统以外的因素。显然他已事先肯定，

① 有关时间的论述参见广松涉《事的世界观的前哨》，赵仲明等译，南京大学出版社，2003年，第三部，第一章《时间论备忘录》。

② 雅克·德里达：《延异》，见《后现代性的哲学话语——从福柯到赛义德》，汪民安等主编，浙江人民出版社，2000年，第76页。

语言和意义与我们的客观世界，与使用语言的人没有任何关系；语言和意义是依照自身逻辑运转的实体。只有这样他才有理由可以不考虑语言系统之外的东西，只在语言内部寻找意义的图式，而这显然不符合客观。德里达的解构依据的是索绪尔的结构主义语言学，而在他同时代出现的言语行为理论，及以后出现的语用学、认知语言学都表明，语言无论从形式到含义都与使用者的意图、语境、语言交际者的认知图式存在着密切的联系。用全面系统的观点去看待语言和意义，并非仅仅是方法论策略问题，而是客观实在的要求。违背了这种客观实在，堕入悖论走向失败，只是迟早的事。

总之，由于缺乏全面的系统观点等研究复杂事物所必需的方法论的支持，德里达的解构主义只是一个个别先进理念与一大堆腐朽概念的大杂烩。无论是前提、基础还是结论，都没有离开实体和决定论。唯一必须成为非实体和不确定的，只有他试图解构的东西。这样的怪诞状况表面上看是认识论、方法论的问题，更深层次的原因在于解构或许从来就不是一种哲学、语言学或文学理论，而是一种意识形态，一种宗教；或者如德里达自己所言，是一种"体验"，一种对"独特性的偏爱"[①]。

如果用全面的系统观点，不把解构理论看作一个封闭的实体，而是将其放在活生生的语境中进行关照，或许我们将其定义为德里达本人的人生感悟，或是人生策略，更为妥当。

从德里达的言论中不难发现，他对于实体的解构与他的个人价值认同息息相关。例如，他说"不是我更愿意选择这一(对独特性的)偏爱，而是在这一偏爱中我发现自己被铭写了"，"对我而言，我相信，总是而且必须有不止一种语言[……]，我必须尝试以这样的方式写作，即他者的语言不会在我的语言中受损失，并允许我介入而又不使我从中受到损失，接受我的语言的好客，而又不在我的语言中迷路或被吞并……于是，每时每刻，每句句子，都不得不被发明，没有任何保证，没有绝对的护栏。就是说，疯狂，某种疯狂，

① 弗朗索瓦·埃尔瓦德：《一种疯狂守护着思想》，见《一种疯狂守护着思想》，包亚明主编，何佩群译，上海人民出版社，1997 年，第 51 页。

必须步步谨慎，并最终守护着思想，正像理性也守护着思想那样”[①]。

既然解构对于德里达来说是一种“强迫的体验”，我们完全有必要认真研究一下德里达有着何种迫切的价值认同的需要。可以说，从出生到成年，德里达只有被强迫铭写的体验，各种各样的在场一再将其边缘化、实体化。他是犹太人，是“黑脚”，那么他天生注定就要低人一等。这种体验是痛苦的。在巴黎预科班时，德里达“总处于精神崩溃的边缘”，并且需要忍受“晕校”的痛苦[②]。

由此不难理解为什么解构这些在场的体验，会成为他的一种强迫性的需要。它根植于德里达对非在场（非实体）和延异（没有秩序的秩序）的“迫切的、强烈的、系统的、不可遏止的欲求”。对于德里达而言，延异就是他的超验所指，给了他前所未有的自由，使他可以以“一种比以往更好的方式去思考在场、起源、死亡、生命、生存”。因为在延异构成的只有差异性的空间里，作为一个印迹，德里达可以“超越在任何情况下都能辨认出那个名字的基本法则”[③]。在这样一个空间里，他无需被强迫铭写，感受到的只有自我的铭写和抹消，只有自由。

由此可见，对于德里达来说，一种没有话语标记的语言，或者更广义一些，一种只有差异没有秩序的世界，如果不是客观存在，也要成为必须。这一点在我们读德里达作品时不难体会出来。

但是，德里达所构想的人人可以自由出入的“没有秩序的秩序”并不存在。为了适应这个“自然的、非历史的”秩序，我们必须牺牲掉很多显而易见的存在，如人与人之间交流的可能性和现实性，不得不“再造”现实。这么一来，指责德里达“结论已经预先做出，然后才罗织材料”进行论证，且并不是建立在优于形而上学的方法论的基础之上，并非没有根据。

---

① 弗朗索瓦·埃尔瓦德：《一种疯狂守护着思想》，见《一种疯狂守护着思想》，包亚明主编，何佩群译，上海人民出版社，1997 年，第 52 页。

② 同上，第 28～28 页。

③ 同上，第 33 页。

为了进一步说明德里达解构思想作为一种主观体验的本质，还有必要思考一下解构得以存在的土壤，否则无法解释为什么解构能够屡屡奏效，并能引起广泛的共鸣。应当说，德里达能够成功体验解构，不在于他的理论是合理的，而在于任何人类的认识都是过程性的和简化的。事物的运动、开放性、不确定性是绝对的，而静止、封闭性、确定性是相对的。对于复杂的事物，人类凭借有限的认识能力，在任何时候只能把握其过程的一部分。因此，人类对于任何事物及秩序的理解、把握，都是过程的、简化的，不可避免地带有形而上学的特征。由于不存在所谓终极真理，解构一切人类的认识都不仅是可能的，而且是必然的。

同时，解构并非德里达所独创。事实上，每一种理论的提出，都是对旧有理论一定程度上的解构，使其条件化。人类文明的发展史就是解构的历史。因此，能够加以解构，逻辑上只能说明过去的认识是片面的，存在漏洞。能够发现颠覆这些漏洞只是解构行为具备合理性的必要条件，而非充分条件。我们不能据此验证解构的合理性。

事实上，在解构大旗下的学者，包括德里达本人以及将他奉为精神领袖的"耶鲁学派"，无一不是在用整体论的逻辑从事着解构实践。正是走向了更大的系统，准许其他的系统侵入，我们才认识到传统意义的不确定性。这一事实，反倒证明德里达的解构理论只不过是一种主观虚设。人们接受并实践的只是他的解构精神，而非他的解构理论。

(二)新历史主义的悖论

相对于解构，新历史主义在方法论上要成熟得多。前文提到，它是第一个初步具备系统观点的批评方法。尽管在实践中有些欠缺，但至少在理论上新历史主义没有把文本、现实、作者完全当作实体看待，也没有把它们以二元对立的方式加以研究，而是从系统、互动的角度去分析、把握它们之间的关系。

新历史主义视野下的现实并非铁板一块。在占统治地位的意识形态下，存在很多被压抑的话语，随时试图挑战其主导地位。作者也不是同一、已完成的自我，而是一个“自我塑型”(self-fashioning)中的自我。在格林布拉特看来，自我是文化、社会、历史和个人各种力量复杂互动的产物。个人与文化、社会之间的关系是既有屈从又有挑战和颠覆。文本对作者、现实是开放的，体现了这些力量的角力与互动。此外，新历史主义强调话语的过程性，文本的产生并非意味着话语的终结。文本话语会参与历史流通，它的作用将不再受作者的控制，而是在社会、文化网络中尽情地发挥它的复杂力量。

由于采用了系统观念，文本中的话语与现实、作者、文本中任何一个因素都不存在同一性。文本不是作者或现实的直观表达，而是一个不断塑型的关系结构。这在很大程度上超越了旧文论中的“同一性”情结，同时也打破了意义的实体存在。意义不再是一段言语或一个表达式，而是一种历时、立体、动态的关系结构。这样的观点已经比较贴近文学话语的真实存在方式，必须承认其在对文学话语认识上的质的突破。尽管如此，新历史主义在实践中还是很快坠入新的形式主义和“批评者中心主义”。

格林布拉特试图从客观的角度去研究文学话语，但文学研究的特殊性在于很多情况下批评者是在与死者对话，与逝去的历史对话，与没有分辩能力的文本对话，所以原本应作为文学话语真正主体的作者、文本、现实在批评实践中是被动的、沉默的，唯一活跃的因素是批评者本人。格林布拉特也承认，当与死者对话时，“我竭尽全力所能听到的，只有我自己的声音”①。其结果是，新历史主义搭建起来的貌似公平的圆桌会议，很容易沦为批评者的一言堂。在此情况下，批评者常常反客为主，以自我的话语实践替代作者个性的话语实践，用自我的认识去裁减现实、作者、文本，主观地锻造话语形态，最终流于形式主义和形而上学也就不足为怪了。问题是，究竟是哪些方法论上面的缺陷导致了新历史主义的悖论，又该如何去克服它们？

① 转引自张进：《新历史主义文艺思潮的悖论性处境》，《兰州大学学报》(社会科学版)，2001年第4期。

应该说，问题的一方面在于格林布拉特没有将系统的观念进行到底，真正落实到作者个性的话语实践上去。他虽然没有把现实、作者、文本当作纯粹的实体，但也只是把它们当作二元的矛盾体而已，并未把它们当作复杂的系统。在他的视野下，现实是一对矛盾——占统治地位的主流话语和被压抑的非主流话语的对立和商讨；作者的自我也是一对矛盾——个体的本质和权力之间压抑和颠覆、控制和反控制的结果；文本是自我塑形的一个过程性结果，体现了作者与压抑性话语的商讨。但是，实际情况要比这个复杂得多。

首先，现实中的话语多种多样，很难分清所谓主流与非主流。如美国社会存在很多族裔和亚文化群体，所谓的主流只能相对于特定地域、族群而言；而且在同一地域、同一亚文化内部，不同社会阶层也有各自不同的主流话语。再退一步，即使恰当地确定了某种主流话语存在，我们也不能想当然地认为它们就一定会对作者构成压抑。例如，在美国历史上，超验主义只是在短时期、小范围内成为一种有影响的话语，相对于实用主义和拜物教，它在美国肯定算不上主流话语。但是恰恰是这种非主流的话语对霍桑构成了压抑[①]，因为霍桑是个相当现实的实用主义者，在一定程度上是认同主流话语的；而与他在同一屋檐下、满脑子浪漫主义的妻子索菲娅却是一个狂热的超验主义者。所以，什么样的话语对作者构成压抑，与作者的处境、价值观和性格特征或者说个性的话语实践有着直接的联系，不能简单以主流、非主流一概而论。

再者，格林布拉特视野下的现实、作者与文本三者之间的关系依然是直观、线性的。很显然，权力话语意识极为强烈的格林布拉特把人与环境的关系基本上看成是控制与被控制、压抑与颠覆的关系，而文本直观地反映了两者的对立协商，但事实可能要比这个复杂得多。他忽略了两个重要的事实：其一是文本现实并不等同于真实现实，作者可以在文本中构造一个想象的

① 有关霍桑与超验主义关系的论述，参见附录2《霍桑对爱默生超验主义的解构》。

现实；其二是人并非是完全理性的动物，作者的动机与文本之间的关系极有可能是非直观的，而文本现实的虚幻性恰恰给了作者潜意识投射的自由。例如在许多武侠小说里面都存在善与恶的较量，我们不能简单将其看作是作者对恶的憎恨，对善的褒奖。这样一种对立关系可以包含多种心理投射，例如出于匮乏性动机，作者可能主要目的在于描绘一个完美的英雄，以弥补自我渺小、无力的缺憾。在这种情况下，善与恶的较量很可能只是作者制造英雄的一种手段。而一个攻击型性格的作者很可能将自己在生活中的敌意投射到作品中去——善与恶的较量只是作者实现自己将仇者赶尽杀绝之快感的一种手段（这里我们仅作为一种理论上的可能探讨）。

由于缺乏彻底的系统观念和非线性观念，格林布拉特的理论虽然具备了复杂性思维的一些观点，例如个性、动力、过程性等，但还是无法走出还原主义。例如，他强调动力，认为“没有无动机的创造”[①]，但是如果只是直观地寻找动机，或者从自我的主观体验出发预设一个动机，则几乎是没有意义的。他也强调个性，但如果个性只体现在对权威的屈从程度上，这种有预设的“个性”同样没有意义，因为多数作者的动机可能与权威话语毫无关系。作者与何种话语发生碰撞，以什么样的形式碰撞，都是偶然与个性的，不能直观、简单而论。倘若我们言必称权力、颠覆、抑制，其结果只能是走入新的形而上学和新的中心。

综上所述，既然一切事物都是以系统方式存在，观察者只有自觉利用先进的方法论，不断打破因为我们的主观体验人为预设的边界，消解线性思维下的既定认识，尽可能地将所有关系项变量化，循着系统的脉络追寻下去，才能使主观尽可能地符合客观，走出形而上学的藩篱。具体到文学上面，研究文学话语时必须将其还原为作者丰富、具体、个性的话语实践。要做到这一点，有赖于我们对话语产生的动力、特性，即现实、作者、文本三者复杂非线性关系的深入研究。这些将在本书余下章节中探寻。

---

① 斯蒂芬·格林布拉特：《莎士比亚的商讨》，转自张进等《论新历史主义历史文化诗学的作家主题观》，《燕山大学学报》（哲学社会科学版），2001 年第 3 期。

第三章

找寻文学话语的自组织系统动力发生模型

前一章概要地比较了还原论和复杂性思维的差别，同时论证了将后者系统应用于文学理论研究的必要性。本章将以复杂性理论为方法论基础，找寻文学话语的发生模型，亦即文学话语系统发生的动力、参与的关系项以及互动的基本形态。

在此之前，有必要进一步阐明新旧思维在“发生”问题上的差异。还原论假定这个世界是有序的，用确定、静止的眼光看待事物。在还原论视野下，事物的出场要么是本原决定的，要么为某种确定的关系所规定，且结果是唯一的。而复杂性理论则假定这个世界是混沌的(chaotic)，强调无序和非平衡状态(nonequilibrium)是有序、组织之源。系统的相对有序和组织是各关系项在无序的互动中涌现(emerge)出来的。系统会生成什么样的形态，取决于各关系项互动的结果。还原论的发生，是静态的出场，是某种固有性质的表现，如好人才会做好事；而复杂性的发生，则是动态的、涌现的——所生成系统的性质是参与生成的各关系项所不具备的，是通过复杂的互动关系和组织涌现出来的。例如，一个无所谓好坏的人因为受到激励，同时为了自我实现，在特定的情境下做了好事。

综合起来，依据复杂性理论，一个合理的发生模型至少应当具备以下六个条件：(1)起始于无序、非平衡态；(2)有多个关系项参与；(3)包含非线性的动态组织过程；(4)充分包容个性和偶然性，其结果不能是唯一的，也不能是(2)、(3)个；(5)系统必须具备各关系项所不具备的功能和性质；(6)系统是过程性的。这些是找寻文学话语动力模型的准则。

同时，为了找寻参与文学话语生成的关系项，有必要先大致界定一下文学话语的性质和边界。文学即人学。笔者认为文学话语是一种价值观性质的存在，与客观性较强的科学知识有着质的差别，而与意识形态和日常对自我与环境的价值认知存在很大的交集。三者在形态上大致相当，区别在于价值认知是零星、具体、明晰的，文学话语是具象、系统、弥散的，而意识形态则是抽象、系统、高度组织的。

鉴于文学话语与意识形态和日常自我认知之间的亲缘关系，本书对于文学话语动力模型的追寻将建立在现有文学理论、心理学和哲学中的意识形态理论基础之上。

一、四种文学发生理论

传统的美学研究或文学批评中，也有一些关注文学发生的理论，如天才/灵感说、社会决定论/反映论、文化冲突融合论、压抑—升华理论。由于他们不是建立在复杂性思维模式基础上，虽然有着合理的一面，但也不同程度地存在偏守某一中心的缺陷。

天才/灵感说是知识掌握在少数人手里的那个特殊时代、特殊语境下的产物，早已被人们所否定。由于大家都很熟悉，这里就不展开论述了。它合理的一面在于肯定了文学话语是人类创造活动的产物，凝聚了作者的主观能动性；而缺陷在于偏守作者这个中心，把作者看成是自为的实体，夸大了作者作为文学话语的完全主体的地位，而忽略了现实对文学话语的制约、调节作用，唯心主义的倾向明显。

相比之下，注重意识客观内容的批评家，往往赞成不同类型的反映论。这其中，机械线性思维比较严重的观点认为，既然存在决定意识，那么有什么样的存在，就有什么样的意识——作者所处的现实决定了作品的内容。不可否认，从终极意义上来说，存在确实决定意识，但这个"存在"究竟是何种存在，原本是文学批评应当深入探讨的内容。然而在批评实践中，人们对于"存在"的理解往往流于片面、简化，无视由存在到意识的复杂的动力发生和组织过程，潜意识地认为存在与意识之间是直观的一一对应的关系。批评者往往自信地将自己观察到的某种宏观的现实——阶级斗争的现实也好，文化冲突的现实也好，直接等同于作品的意义。例如，由于受到政治氛围的影响，一段时期内国内批评界曾将"存在"等同于"阶级存在"。一些学者因为德莱塞属于无产阶级，理所当然地认为他的作品是对资本主义的无情揭露和批判，而将与这种观察不符的情况统统归结为作者本人的局限性。现在，当文化成为我们划分现实的重要单位之后，一些学者又将"存在"等同于"文化存在"，将德莱塞定义为新的消费意识形态的代言人，而将一些矛盾的现象归结为他无法超越其自身的文化假定，即旧的生产意识形态对他的影响。

按照前文列举的合理模型的标准，这种发生模型存在很多漏洞。它起始于平衡态而非无序，是同一的而非涌现的，是二元的而非多元的。其结果是唯一的，无法包容个性。这种观念最明显的谬误在于同一性，即作者个人的意识等同于阶级意识或文化意识。这显然与现实不符。因为即便属于同一种文化、同一阶层，甚至是生活在同一家庭、处境极其相似的人们，其个体意识也是千差万别的。因此，无论在何种情况下，作者个人的观念与某种阶级意识、文化意识之间都不可能画等号，更谈不上与批评者的意识画等号了。所以，对于研究文学话语来说，以阶级、文化作为分析的单位过于宏观，好比用米尺去丈量头发的粗细，其中的误差可想而知。比较合理的单位应当是家庭和个人的独特存在。例如，由一个充满敌意的哥哥、一个吸毒的母亲、一个自私专制的父亲构成的存在氛围对尤金·奥尼尔的意识、人生观、文学话语的影响，应该远远大于阶级、文化。同样，罹患红斑狼疮这一偶然事件对于弗兰纳里·奥康纳的影响，甚至要大于天主教对她的影响。

一些批评者之所以能够不去考虑作者所接触的个性而具体的现实，就理直气壮地规定文本的意义，是因为他们在潜意识里只是把文学话语看作为一个由现实和文本组成的二元系统，把文本看作是对现实的客观反映。作者在他们眼里仅仅是一个观察者、记录者，好比一个做野外考察的博物学家。他的功能只在于细致地观察周围的现实，然后把它客观地记录下来。如果有什么不符合客观的地方，那也只是认识能力上的问题，并不影响文本内容的客观性。

这种假定前提显然站不住脚，它完全忽视了文学话语的意识形态特性。现实世界的事件原本是中性的，并不包含任何价值和意义。素食的动物并不比肉食动物更具有道德上的优势，高级动物也不比低级动物血统上来得高贵。意义和价值总是与特定个体、集团的需要和利益紧密联系。这意味着现实与意识之间并不存在直接（线性）的决定关系，文学话语并不是对现实世界固有的关系、形式的客观反映，而是人为加工的结果，是涌现的。在"存在"与"意识"之间还存在一个在"人"的参与之下动态组织的过程。只有找到文学话语发生的动力、参与的组织的诸多关系项，并揭示这一动态组织过程，我们才可能近似地描绘出一种文学话语的形态，真正解释文学现象。

第三种文学发生理论是比较文学研究推崇的冲突融合论，与新历史主义所持的观点大体相当。与前两种发生观念不同的是，这是一种动力发生学观点。这种观点从文化人类学汲取灵感，认为文学话语是不同文化冲突、融合、变异的产物——"文化冲突能够激活冲突双方文化的内在的因子，使之在一定的条件中进入亢奋状态。无论是欲求扩展自身的文化，还是希冀保守自身的文化，文化机制内部都会发生一系列的'变异'"①。其中的互动

① 严绍璗：《"文化语境"与"变异体"及文学的发生学》，《中国比较文学》，2000年第3期。

过程就是文学话语的发生机制。

这一观念避免以同一的现实作为中心，并且强调了文学话语的动力发生——源起于非平衡态，但也具有局限性。首先，它无法充分包容个性和偶然性。它仅仅可以解释一些处在文化冲突中心的作家、作品的发生，却无法解释为什么同时代的其他作家没有受到这种冲突的影响，他们的文学话语又是依据什么模型发生的。据此我们可以推断必然有一些关系项缺席，例如作者个人的经历和能动因素等。其次，这一模型是二元的、非涌现性的。虽然它强调了文学话语的异质特性，但还是没有完全摆脱同一性思维。因为这一观点潜意识地认为，在发生冲突之前，一种文化的文学话语与本土文化之间是同一的，异质仅仅是冲突发生后的结果。如此一来，这种观念本质上还是一种反映论：文学话语首先是对文化现实的反映，其次是对文化冲突现实的反映。此外，所谓的"变异"也仅仅是各关系项原有性质的重新组合，并没有涌现出新的性质。

当然，这种观念最大的片面性在于它以文化冲突理论为基石，我们显然不能够将它等同于所有文学话语的发生机制，毕竟文学话语所要思考的是人与生存现实之间的矛盾，而文化的冲突仅仅是其中一小部分。所以，不难理解为什么它仅在比较文学领域得到较为广泛的认同。由于它仅仅考虑了文学话语系统中的一个片段，所以对找寻文学话语的一般形态，帮助并不是很大。

在这四种发生学观念中，弗洛伊德的压抑—升华理论最具动力学和非线性的特点，也较好地填补了存在与意识之间的缺环。这一理论的基本点是思想、艺术都是欲望受到压抑的产物，强调作品内涵与作者心理需要之间的关联性。在弗洛伊德看来，"所有思想都能被归结为导向愿望满足的通道"，"所有文化成就都表现为目的受抑制的性欲替代物"[①]。按照这一理论，艺术创作的动能来源于心理需要遭遇压抑产生的内驱力。根据快乐原则

① 杰克·斯佩克特：《艺术与精神分析》，高建平等译，文化艺术出版社，1990年，第111、130页。

(pleasure principle),为了缓和紧张、满足需求,艺术家会通过有目的的创作活动,把自身人格中既重要又无法被接受(因此受到压抑)的部分,通过投射方法曲折地表达出来(即升华,sublimation),从而释放最初的心理能量,寻求精神上的满足。这样我们就获得了一个与蓝天系统相类似的多元的动力发生系统:

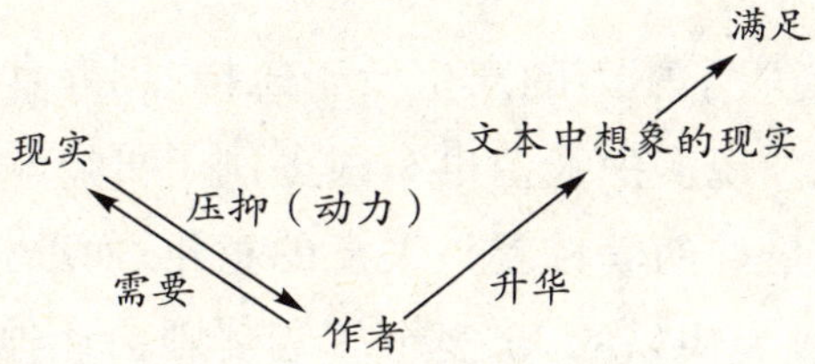

二、弗洛伊德模型的互文性阅读与评价

不可否认,弗洛伊德的理论存在不少缺陷,尤其是他的生物决定论。他将所有的人类行为动机都归结为性压抑,因而遭到很多人的批评。如他的后继者埃里希·弗洛姆、卡伦·霍妮等就认为需求是文化与本能需求共同作用的产物,是多种多样的。动机心理学的创始人马斯洛也认为人的动机是系统性、多层次的。文学艺术作为一种复杂的精神文化活动,满足的更多是自我实现等高层次的精神需求,而不仅仅是性幻想。

(一)合理因素

应该肯定的是,弗洛伊德的模型中存在不少合理因素,至少在以下三个方面为我们找寻文学话语的动力和形态提供了启迪。这里将通过互文性阅读,一边介绍一边论证这些观点的合理性。第一个合理因素是,压抑而非灵感是文学创作的动力源泉。就是说文学创作是源起于非平衡态的,符合复杂性理论对发生问题的观察。例如,普利高津的自组织和耗散结构理论就表明,系统的组织是从非平衡状态开始的,随着自身的熵(entropy,对人来说就是焦虑)的增加,系统会自发地从无序走向有序,由非平衡走向平衡[①]。弗洛伊德的这一观点也得到了其他一些心理学理论的呼应,如美国心理学家克拉克·赫尔(Clark D. Hull, 1884~1952)的驱力理论。赫尔通过动物实验获得了以下的驱力模型:

操作前提(如剥夺食物、电击)→需要→驱力(能量动员)[②]

这一模型间接说明了驱力的产生始于压抑(剥夺食物是对进食需要的压抑)等非平衡状态。现实中我们也有很多例子可以验证这样的观点。海明威曾经说过,作家最好的学校就是失意的童年;而苏格拉底也说过,娶个好妻子让一个男人成为快乐的人,娶个坏老婆则会让他成为哲学家。这些感言均表明快乐的缺失、外在现实对自我的压抑是创造力的根本源泉。

必须看到,绝对的平衡态(也就是自我满足的状态)是不可能带来创作动力的。"当获得了内部平衡,并且没有生理缺失使紧张存在时,婴儿便休息,处于睡眠或安静状态"[③]。同样,一个完全处在快乐满足状态的人,绝对不会去思考自己为什么会这么快乐。只有在受到压抑处于非平衡的状态,为了获得新的平衡,人类才可能产生思索、创造的需要。

如果说,人类生存的需要与自然之间的矛盾是人类社会发展的根本动力,那么作者的需要与现实之间的矛盾则是文学话语发生的根本动力。作者不是现实的观察者、记录者,他的大脑也不是映照现实的一面镜子。文学话语是作者创造出来的用以解决其自身需要的一个目的—效用系统。

第二个合理因素是,文本与现实、作者之间的关系是非线性的,其结果是涌现性的。文学话语既不是对现实也不是对作者思想的直观反映,而是符合作者需要的一种"自我欺骗式"的歪曲反映。作者在文本中描绘的不是客观的现实,而是对作者具有快乐效用的一种想象的现实,而这一切很可能

---

① 沈小峰等编著:《耗散结构论》,上海人民出版社,1987年,第114页。

② 伯纳德·韦纳:《人类动机:比喻、理论和研究》,孙煜明译,浙江教育出版社,1999年,第76页。

③ 同上,第427页。

是在无意识的情况下发生的。

这种观点与复杂性理论也是兼容的。普利高津指出耗散结构由不平衡达到有序的途径为:“一个远离平衡态的开放系统,有可能通过从外界取得负熵流(即熵减少)的办法来抵偿系统本身内部的熵的产生,使系统总的熵的变化为零甚至负值。”[①]费斯廷格的认知不协调理论也发现,由于改变信仰和观点比起采取实际行动从根本上消除产生不协调的原因要容易得多,人们甚至倾向于用错误的认知来减少不协调(即引入一个负熵流)。例如费斯廷格在 1957 年注意到,一些人降低因吸烟而产生不协调的方法,不是用恒心和毅力去把烟戒掉,而是使自己相信“吸烟有害”这种说法是错误的。一项政府进行的有关“吸烟致癌”的说法是否可信的调查结果表明,认为“不可信”的人中,不吸烟者占 55%,轻度吸烟者占 68%,中度吸烟者占 75%,而严重吸烟者占 86%。显然,很多吸烟者通过否认吸烟有害来获取心理上的平衡[②]。

在文学话语中,我们也经常看到这样的例子。如 19 世纪英国浪漫主义诗人往往会以一种诗意的眼光看待乡村生活——人们纯朴善良,生活如牧歌般美好,例如华兹华斯的作品。而现实却是与城市相比乡村充满了落后、愚昧、穷困,这些诗作在很大程度上是对现实的歪曲。原因很简单,这些诗人不满城市生活的铜臭气和尔虞我诈,但这样的现实又是他们无法改变的,于是他们选择赋予自然神性,把远离自己的乡村生活想象得如伊甸园般美好,以此作为自己的精神家园,解放自己受压抑的心灵。而且他们可能至少在创作的时候真的认为自己的感觉是真实的,并从中得到快乐。

这一观点也得到了相关哲学研究的佐证。马克思、路易·阿尔都塞、弗洛姆等人在哲学领域对意识形态特性的研究,与弗洛伊德从心理学角度的阐释可以说是殊途同归。两者至少在两点上是吻合的:一是意识形态(文学话语)的想象性和虚幻性;二是意识形态(文学话语)的利益—效用取向。

---

① 沈小峰等编著:《耗散结构论》,上海人民出版社,1987 年,第 114 页。

② 伯纳德·韦纳:《人类动机:比喻、理论和研究》,孙煜明译,浙江教育出版社,1999 年,第 121 页。

马克思在《德意志意识形态》中就指出“意识形态的虚假本质”，并且认为意识形态是一种历史无意识[①]。20世纪30年代，曼海姆在其《意识形态与乌托邦》中，进一步确认了马克思的观点。他认为“意识形态总是与一定社会集团的利益相关，但意识形态不是‘有意识的谎言’或者有意无意发生的‘愚弄他人’式的自我欺骗，‘它指的是性质上属于心理学的谬误的领域，它不像蓄意欺骗，不是有意的，而是从某种因果决定因素产生的必然的和无意识的结果”[②]。

阿尔都塞则认为，“在意识形态中，真实关系不可避免地被包括到想象关系中去，这种关系更多地表现为一种意志（保守的、顺从的、改良的或者革命的），甚至一种希望或一种留恋，而不是对现实的描绘”。意识形态与现实之间的关系“既存在真实的关系，又存在‘体验的’和‘想象的’关系”。意识形态是“人类对人类真实生存条件的真实关系和想象关系的多元决定的统一”[③]。

与弗洛伊德相比，阿尔都塞的观点——意识形态或文学话语是真实关系和想象关系的统一，应该更加贴近于意识形态或文学话语的现实。对于这种想象性和虚幻性是如何产生的，两种理论有着截然相反的解释。弗洛伊德认为这种想象性是个体利用升华（sublimation）机制主动建构的结果——个体的性需求在现实中得不到满足，便将这股心理能量转化为现实可以接受的形式，曲折地表达出来。而阿尔都塞的意识形态理论则倾向于认为这是个体受“他者”作用的结果——个体在意识形态国家机器的“召唤”（interpellate）之下，同时个体通过认识、认同、误认（misrecognition）被动地建构出来的。

（二）缺陷

应该说，这两种解释都不能令人满意。虽然它们较好地揭示了意识形

---

① 张一兵：《问题式、症候阅读与意识形态》，中央编译出版社，2003年，第144页。

② 同上，第145页。

③ 同上，第152页。

态或艺术话语的特性，但各自都存在诸多问题，还有不少空白需要填补。弗洛伊德模型的优点是它是非线性、动力发生的，但却偏守着一个生物决定论中心，这样就无法充分包容、解释话语的偶在性和个性。如果说话语都是性压抑的产物，又同是以现实许可的方式表现出来的，那么为什么不同个体生成的话语迥然不同？如爱默生、霍桑、梅尔维尔生活在同一时代、同一地区，彼此熟识，应当说接触到的现实存在很大的共性，但是他们所营造的话语却大不相同，甚至是完全对立的，这一点用弗洛伊德的模型就无法解释。

阿尔都塞虽然指出了意识形态真实与想象交织的异质特征，但他的模型存在的问题更多。他采用的依然是线性思维，并且偏守"主流意识形态决定论"这一中心，因为他将个体意识形态的生成归因于统治阶层为了自身的利益动用国家意识形态机器进行灌输以及个体臣服的结果。这其中的错误十分明显：一方面他否定了个人在意识形态生成过程中的能动作用；另一方面又把统治阶级的意识形态当作一个实体来看待，没有去分析统治阶级意识形态又是如何产生的。这样就简化、歪曲了个体意识形态生成的过程。他的模型并不能够很好地解释，为什么同处在一个意识形态国家机器之下，个体的意识形态会有那么大的差异，并且为什么它们都是真实关系与想象关系的复合体。

很明显，弗洛伊德和阿尔都塞的模型都忽略了某些重要的关系项或中间环节。原因在于他们的意识形态或话语模型都是单层次的系统：弗洛伊德的发生模型是欲望经过想象性关系到达文本；阿尔都塞的更为直接，是社会意识形态经过"自动臣服性"到个体意识形态。

事实上，由于任何系统都是过程性的，都建筑在过去系统运动的基础之上，所以凡复杂的系统必然是包含着历史过程的多层次系统。人体系统存在细胞、组织、器官等多个层次，文学话语、意识形态这样的复杂的精神系统也具备类似的形态。埃德加·莫兰认为，"器官"(organ)应当成为系统论中的一个主要概念。他说："在我们的系统论和生物理论中，尤其悲惨的是在我们今天的政治和社会理论中，它的缺席造成了这些理论的盲目和残缺。"

这些"器官"(或可称之为"中介")的特点是,虽然它们"始终是整体的一部分,但却发展了自身的复杂性、功能和能力,同时也获得一定的自由"。它们"能够设计策略来利用无序和偶然性……用自己的能力为整体牟利,整体于是拥有了器官的性能。器官为整体带来的利益反馈于部分,于是部分舒展出涌现的性能"①。

作家在构造一种文学话语的时候,并非是以新生儿一般的纯净眼光、空白头脑来观察这个世界、思索自己的存在的。在作家的"存在"以及与之相对应的想象性的"意识"中间,应当还存在其他关系项和/或器官。现在的问题是,在弗洛伊德和阿尔都塞的模型中缺席的这些关系项和/或器官到底是什么?在这方面,弗洛姆的弗洛伊德马克思主义给我们以很大的启发。

三、弗洛伊德马克思主义、自组织反馈回环与话语的性格中介

顾名思义,弗洛姆的理论是弗洛伊德精神分析和马克思主义的结合与发展。与弗洛伊德和阿尔都塞的理论相比,弗洛姆的理论更具备复杂性思维的特点。他提供给我们的话语(弗洛姆称之为思想或意识形态)理论,是一种更贴近话语现实的多层次系统。

(一)弗洛姆的相关理论

一般认为,弗洛姆的主要贡献是在"存在决定意识"的二元对立中加入了第三项——人的性格结构,从而创造性地将马克思主义同精神分析结合起来。在他的大作《逃避自由》的附录《性格和社会过程》中,弗洛姆集中地描述了社会经济(现实)、心理(性格结构)和意识形态三者间相互关系的一般理论基础。他认为,要想了解社会过程(当然包括意识形态和文学话语),"就必须把握社会性格这一关键概念。在分析心理学的动态意义上,性格是

---

① 埃德加·莫兰:《方法:天然之天性》,吴泓缈等译,北京大学出版社,2002年,第255~256页。

一种特定的形式，在这种特定的形式下，通过使人的需求动态地适应某一特定社会的特定存在状态，人的精力就定型了。性格反过来也决定个人的思维、感觉和行为”。他认为，思维并不是纯粹的智力行为，越是形而上的东西如伦理、哲学、政治（当然也包括文学话语），越要受到思维者人格结构的制约。每一个形而上的概念和学说“都有其情感的发源地，而这种发源性又都根植于个人的性格结构之中”。因此，他得出结论说，“思想有着感情的发源地，这一事实至关重要，因为这是一把了解某种文化精神的钥匙”①。

在《逃避自由》中，他论证了为什么在纳粹德国时期，按照“存在”决定“意识”的观点，应该具有革命意识的无产阶级和小资产阶级，偏偏会成为纳粹独裁统治的忠实拥护者。他认为很重要的一点，是因为当时“大多数德国工人的人格类型具有我们曾称之为极权主义性格的许多特点。他们深深地崇拜和追随现存的权威”。所以虽然在纳粹出现之前，他们一直投社会党或共产党的票，但当强调权威、对他们更具吸引力的希特勒出现后，他们便立刻倒向了纳粹的一边。因为在他看来，人们之所以会提出、或者接受一些思想，“就因为它们对出现于这些人的性格结构之中的需求和焦虑，具有感染力”②。

但是，性格是一种什么样的存在？它是如何形成的？为什么会对意识产生如此大的影响呢？在弗洛姆的架构中，“性格”并非如弗洛伊德的“情结”那样与生俱来，而是一个由多元关系项合成的动态系统。在他看来，性格是“人的需求动态地适应某一特定社会的特定存在状态”③的结果，是人类在与环境的互动过程中发展出来的用来替代本能的东西。它实际上是一个策略系统，使得我们可以不假思索地从容应对很多日常的生存问题。

---

① 埃里希·弗洛姆:《逃避自由》，见《弗洛姆著作精选》，黄颂杰主编，上海人民出版社，1989年，第113～114页。

② 同上，第115页。

③ 同上，第113页。

(二)反馈回环与性格的发生

借助复杂性理论中的“反馈回环”(feedback loop)的概念,我们可以更好地理解性格的系统发生和形态。按照法国思想家埃德加·莫兰的定义,反馈回环是发生学的,“就是说它能把紊乱、无序、离散或对立的过程转化为动态组织”,“回环不停歇地把各种成分和事件衔接成一个整体”,“一个整体的内部还会拥有其他一些它自己不断生成再生成的反馈回环”。每一次回环都会产生一些成分和结果来加强这个整体的组织,并成为下一次循环的起点①。例如人类的免疫系统就是一个反馈回环系统。一种新的病毒侵入以后,免疫系统依靠生成数量巨大的白细胞与之混战。在这种互动较量中,如果某些攻击策略形成了负反馈(negative feedback,即有利于强化组织、增强整体的反馈),对病毒具有杀灭作用,那么免疫系统就会生成针对这种病毒的抗体,然后高效地杀灭这种病毒。这些抗体的存在会加强免疫系统的力量和组织,下一次再有相同病毒入侵的时候,免疫系统就不会用混战的方式了,而会有条不紊地生成针对这种病毒的抗体来保护肌体。如果免疫系统相对较弱,从环境得到的是正反馈(positive feedback,即对系统组织起破坏作用的反馈),那么病毒可能就会不断蚕食免疫系统的抵抗力,破坏免疫系统甚至是肌体的组织,人就会生病甚至死亡。在一个系统内,正反馈和负反馈会同时发生。其中负反馈起到生成、调控、维持的作用,而正反馈则起到破坏和生成的作用。

同免疫系统一样,性格也是一个自组织的反馈回环系统。虽然弗洛姆并没有提出“反馈回环”的概念,但他有关性格的观点与之高度契合,因为他强调了性格是人类对于现实动态适应的结果。下面我们就用反馈回环的观点结合弗洛姆的理论,阐发一下人类性格系统的生成、演化过程,它作用于人类思维的机制,以及它参与话语发生的情况。

---

① 埃德加·莫兰:《方法:天然之天性》,吴泓缈等译,北京大学出版社,2002年,第188～189页。

刚出生的婴儿是没有性格的，只有本能和基于遗传特性的气质（弗洛姆依照希腊名医希波克拉底的划分，将其分为胆汁质、多血质、抑郁质和黏液质四种[①]）。最初人是用本能和气质与现实（或环境）交流的。例如一个婴儿饿了，但母亲不在身边，婴儿出于本能会哭泣。如果母亲这时闻声便立刻赶来给他喂奶（得到了负反馈），几次反馈回环下来，婴儿就会形成一个哭与满足之间的联系或组织，以后就以这种方式来呼唤母亲。如果有几次母亲有事未及时赶来，他出于本能大哭起来，并且发现母亲会匆忙赶过来，而且更加呵护他，那么，几次反馈回环下来，他就可能建立起大哭与更多满足之间的联系。这种哭闹与满足之间的联系得到强化以后，接着他可能会在遇到其他需要的时候，用类推的方式进行冒险。例如，他想要一个玩具。如果得不到他就哭，小哭不给则大哭，大哭不给则在地上打滚。如果再次得到满足（负反馈），原先的联系和组织就会又一次得到扩展和加强。久而久之，习惯强化到了一定程度，就会演化成稳定且不容易改变的性格，形成侵略性、自私索取等性格特征。

个体会形成什么样的性格结构，完全取决于个体与现实之间具体而个性的互动。如果一个孩子不幸是孤儿，类似于简·爱那样在保育院生活，最初的哭闹可能得到的就是正反馈——没有人理睬他。这样通过哭闹吸引注意力和关怀的本能就会遭到抑制，个体会转而生成新的策略。这时候气质是一个变量，如同简·爱那样的胆汁质的人有可能会采用叛逆的方式；而更常见的可能是顺从的方式——用顺从来博得保育员的欢心。这些方式在反馈回环的强化之后，都会成为性格的一部分。

由于每个人接触到的具体现实（环境）都是个性的，得到的反馈也千差万别，因而每个人的性格结构都是独特的。这样一个结构还是动态、过程性的，每个人都需要在与现实之间周而复始的反馈回环中不断调控自己的性格策略，以适应自身的现实处境。但可以肯定的是，无论性格怎么发展，它

① 埃里希·弗洛姆：《自我的追寻》，见《弗洛姆著作精选》，黄颂杰主编，上海人民出版社，1989年，第130页。

的总体方向是越来越组织化。年轻的时候性格的可塑性相对强一些，随着年龄的增长，性格的组织程度越来越高，发生显著改变的可能性也就越来越小了。

事实上，人的性格系统就是我们前面提到的类似器官那样的系统，它的作用是维持整体的组织和平衡，并具有一定的独立性。由于它的调节作用，有的时候人类的行为和思想并非完全由理性所控制。

（三）性格通道与话语

从上面的分析中可以看出，性格是人类发展出来的、用来平衡本能与环境矛盾的一个策略系统。性格机制与弗洛伊德所说的快乐原则共同发生作用，就会构成一个个审美的、效用的、自我实现的通道。有了这样的调节，我们的思维、感觉、行为不再是完全自由的信马由缰，而是存在很强的方向性。由于性格等关系项的不同，个体对于同样事物的体验是千差万别的。

如果说在人与现实的交流过程中，负反馈意味着秩序、满足与快乐，而正反馈意味着熵、压抑、焦虑和痛苦，那么在人的性格形成了较为强大的组织之后，它就会因为快乐原则的作用而产生很强的选择性倾向——排斥构成正反馈而亲近构成负反馈的事物，人类的喜好也就由此产生了。自我中心的人必然更乐于亲近关心他的人，而排斥比较自我的人；自恋者更乐于亲近崇拜他的人，而排斥自我比较强大的人；自卑者更乐于亲近乐于保护他的人。这些选择性的通道是一切形而上观念的基础之一。

人们对于话语的体验也是这样。遭遇同样的话语，由于性格系统的选择性调节作用，不同人的反应截然不同。人们会因为现实中的某一话语为自己带来负反馈而加以接受、带来正反馈而加以排斥。例如，同样是受压迫受剥削的贫苦农民，其中顺从型性格的人，由于需要的是佛教那样的肯定其顺从策略的意识形态来肯定自我，“革命”这个字眼只会增加他们的焦虑因而必须加以回避；而叛逆或是有破坏型性格的人，由于更需要肯定其叛逆性格策略的意识形态，“革命”学说对他们来说就有着特别的吸引力。同样的道理，由于唯一神教是从清教脱胎而来，基本上还是偏向于否定人类价值的，这样的话语对于具有自恋性格的爱默生来说，是必须加以排斥的。甚至强调心灵自由、逃避现实的欧洲浪漫主义，也不能完全肯定他的性格定向。于是他依据自身的处境和他出色的辩论能力，创造出了一种绝无仅有的话语——超验主义[①]

由于性格的调节作用，在话语的世界里不可能有绝对的真理，有的只是符合特定人群利益的意识形态。正是基于这一点，弗洛姆感言："我们大多数人都生活在自我欺骗的世界上，在这里，我们把我们的思想看作是现实的再现。"[②]

弗洛姆将性格系统这个极其复杂的变量引入对人类意识形态的考察，对研究文学话语意义重大。通过引入性格结构，弗洛姆的理论不仅消解了社会存在、文化存在决定意识中的"存在"这一中心，也消解了社会存在、文化存在与文学话语之间的同一，与此同时还填补了其他理论中的许多空白。例如，弗洛伊德将人类行为的动力都归结于性压抑，这就无法解释为什么出自同一种需求，不同作家生成的话语会出现如此大的差异。而性格这个变量被引入进来之后，就可以消除弗洛伊德的生物决定论中心，同时又能解释差异的存在，因为人的性格是存在极大的个体差异的。并不是说，遇到压抑时作者都会像浪漫主义诗人那样制造梦幻。在浪漫主义诗作背后，我们看到的是一种脱离现实的性格策略。而面对同样的问题，浪漫主义的意识形态对于"傲慢—报复"性格定向的人来说，则毫无审美效果，他们更可能生成批判、颠覆性的文学话语来。引入性格系统同时也消除了阿尔都塞的社会决定论的中心，即便国家机器会召唤个体，个体也并非被动接受，而会以自己的方式回应。

这一发现意味着，要找寻文学话语的形态，必须将作者的性格系统纳入

---

① 本文所有有关爱默生超验主义话语的论述参见附录2《霍桑对爱默生超验主义的解构》。

② 埃里希·弗洛姆：《弗洛伊德的发现之伟大与局限》，见《弗洛姆著作精选》，黄颂杰主编，上海人民出版社，1989年，第669页。

考察的范围。例如，前文提到爱默生与霍桑处于同一时代同一文化氛围，但两者所传递的文学话语却大相径庭。霍桑专注于人性中“恶”的一面，几乎同时代的马克·吐温也一再揭露“镀金时代”的丑陋；而爱默生却在那里高歌人性本善，“恶”根本不存在。不了解爱默生的自恋情结，以及由此产生的有别于他人的需求，就很难真正理解超验主义的话语形态。

将弗洛姆和弗洛伊德的发现结合起来，可以得到以下的话语模型：

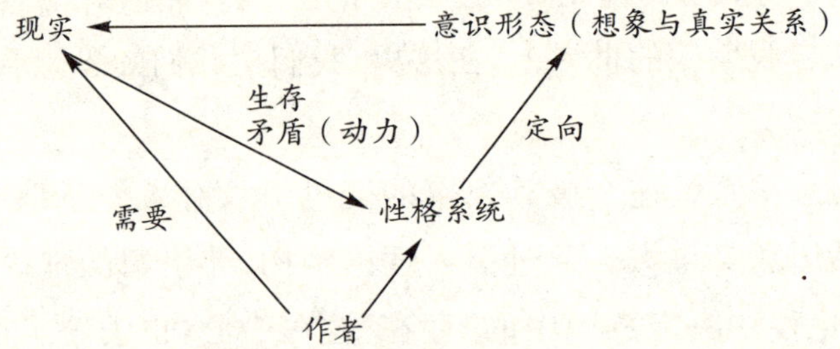

由于填补了其中的一些空白，弗洛伊德的模型在经过改造后，可操作性大为增强。性格系统的定向作用，意味着我们有可能通过文本与作者经历、需要的互文性阅读，找到创作素材进入文本的路径和可能的形态，了解作者是以何种方式构造话语的。无论作者在文本中表达了什么，作为一种意识形态性质的话语，它只能是符合其性格结构的话语，是能够消除由于现实压抑造成的焦虑，满足其精神需求的话语。因此，从某种意义上说，掌握了现实、作者性格结构与文本的关系，就掌握了解读文学话语的钥匙。以前面武侠小说的例子来说，仅仅看到善恶对立是不行的，只有同时把握作者可能的需要和性格特性，通过互文性分析，我们才能真正把握文本中善与恶较量背后的真实话语形态。

但必须看到的是，弗洛姆的话语模型仍然存在缺陷。性格系统虽然在话语的生成过程中占有重要的地位，但它的作用也仅限于限定话语的性质，是顺从的、颠覆的、解构的，还是自恋的，等等。具有类似性格结构的作者可以有很多，但他们话语的主题、形态却是个性独具的。例如，同样具有自恋性格特征，为什么早期杰克·伦敦的话语更贴近社会达尔文主义（Social

Darwinism)和尼采的超人哲学,而爱默生的话语更接近宗教和浪漫主义?同时,海明威的话语为什么却体现出一种虚无主义色彩?这些都是弗洛姆的话语模型所无法解释的。其中必然还遗漏了其他的关系项。

在这方面,现有的理论并没有为我们提供多少参考。我们只能通过研究与文学话语密切相关的两个系统——意识形态和自我认知系统,间接地找寻这些失落的关系项。

四、意识形态、自我塑造回环与文学话语的动力模型

前面提到文学话语是一种具象化的意识形态。但是,用系统论的方法我们可以推知,意识形态也并非是自为的终极系统,它必然是更大系统的一个组成部分。这个系统就是人类的自我认知—自我实现系统。通过进一步分析意识形态与其他关系项联系、互动,我们可以大体看清这一点。

说起意识形态①,中国人总会把它与政治和哲学联系起来,似乎离我们日常生活以及文学话语十分遥远。这既正确也不正确。狭义而言,意识形态是关于观念的科学。但是广义而言,意识形态则可以泛指所有人类对其真实的生存状态的思考。按照阿尔都塞的定义,"意识形态是个体与其真实存在条件的想象性关系的一种'表征'"②。这一定义同样适用于文学话语,两者只有形式而无本质的差异。普通的意识形态通常以明晰、抽象的方式再现这些关系,如习俗、理论、教义、行为规范等。相比之下,文学话语更具象、更感性。它所要再现的"个体与其真实存在条件的想象性关系"潜藏在(多数是想象出来的)事件和人物表象之下,需要加以解读才能使之显现。因此,两者的性质、关系项、形态是基本等同的。

---

① 笔者认为"意识形态"就是"话语"的同义词,是包含着人类需要与价值判断的观念,与自然科学知识有本质区别。

② 路易·阿尔都塞:《意识形态与意识形态国家机器》,见《图绘意识形态》,斯拉沃热·齐泽克等,南京大学出版社,2002 年,第 161 页。

同性格一样，意识形态是人类为了自身生存需要而发展出来的一种器官性质的系统。意识形态对于人类之所以重要，是因为它是人类调和其生存需求与环境之间矛盾的一种手段。它为人类的生存困境提供解释，为个体提供描绘自我、建构自我参照系，并为人类的行为提供理由。而最为重要的是，它能够为人们带来一种想象性的满足，维护一个完整的自我。它充斥着人类生活的每一个角落。因此，说人类是意识形态的动物一点也不为过。下面我们就简要探讨一下意识形态的发生机制。

人类有着追求平衡、完整的本能需求①，但是环境、现实对于人类的索取常常置之不理，甚至是惩罚，从而构成了一个又一个的生存矛盾。我们希望每天都快乐地生活，但是没有一天我们的需要不会遭到现实的否定，没有一天不为这样那样的烦恼、焦虑所困扰。人类通过对现实中真实关系的认识，可以或多或少地解决这些生存难题，但是由于人是天生的理想主义者，是追求快乐最大化的，所以人类的需求与现实之间的矛盾从根本上说是无法解决的。如果我们放任这些烦恼无休止地堆积，整天无休止地去思考：为什么他/她不像我期望的那样爱我？为什么有些人贪赃枉法却没有受到法律的惩治？为什么那些人还没我聪明却比我成功？如此等等，恐怕没有一个人可以勇敢地活下去。于是人类利用自身的想象力和创造力发展出了意识形态这一价值观和安慰剂来调和这些矛盾：一方面，使我们可以“心安理得”地去面对这些挫败，维持内心的平衡；另一方面，也为我们进一步维持这种平衡状态提供方向和理由。

伊索寓言中“狐狸和葡萄”的故事，可以形象地说明意识形态的生成机制与作用。一只饥饿的狐狸必须面对自己吃不到架上葡萄这一事实以及由此带来的烦恼。这一矛盾是它无法解决的，于是它建构出“葡萄是酸的”这样一个想象性关系来平衡自己的心理，从而成功地压制住这一烦恼。读过这个寓言的人都会笑话狐狸的自欺欺人。但不幸的是，从某一角度而言，这

① 亦即弗洛伊德所说的“快乐原则”。

却是人类生存状态的真实写照。人类所有的意识形态都是在这种困境下生成出来的。例如,远古人类需要面对各种各样莫名的威胁和恐惧,于是便根据儿时与父母的关系建构出了神灵这些并不存在的东西。他们想象性地认为,自己遭遇的灾难是神灵对自己的惩罚,而风调雨顺则是神灵对自己的奖励。他们期望,通过自己像儿时顺从、尊重父母那样,崇拜、孝敬这些神灵,就能够获得他们的庇佑。神灵并不存在,但远古人却在虔诚的祭祀仪式中获得一种心灵的安慰、一种完整感,和勇敢面对环境威胁与不确定性的勇气。

前文通过介绍弗洛姆的理论,已经论述了意识形态和人的性格系统之间的关系。面对同样的生存矛盾,不同的人可以生成不同的意识形态。这其中起作用的变量是性格策略。同样是面对吃不到架上葡萄的烦恼,逃避型性格的人会说"葡萄是酸的";叛逆型性格的人可能愤愤地说"这是个罪恶的世界";顺从型性格的人可能会哀叹"生活就是受苦";自恋型性格的人可能会豪迈地说"这是生活对我这样英雄的考验"。无论人类根据现实和真实自我想象出了什么样的关系,它们必然都符合话语生成者减少焦虑、获取平衡的需求。

科学发展到今天,这些纯粹想象性的关系很难再为我们提供心灵安慰了。人类的意识形态中越来越多地包含了对人类真实生存状态的认识。但是,只要人类的需要与现实之间的矛盾是不可解决的(事实也是如此),意识形态就永远也不可能是真理,不可能是人类真实生存状态的客观再现,而是必然包含着想象性关系。从前文对德里达解构主义的分析中,可以看到德里达个人的生存矛盾是如何影响他的思想的。

必须强调的是,意识形态并非可有可无,而是人类建构自我不可或缺的一环,是维持一个虚幻的完整自我必不可少的。由于人类本能的需要与现实之间的矛盾无法全部解决,所以人类的自我在本质上是缺损的,需要意识形态来加以弥补。完整的自我是一种幻觉,这在后现代似乎已经成为人们的一种共识。雅克·拉康和阿尔都塞都认为,我们的自我并不是真实的自我,而是在"他者"(the Other)或者"意识形态国家机器"的作用、召唤下塑造出来的。但是必须看到，一个人可以不喜欢自己充满缺憾的自我，痛恨塑造了这个自我的“他者”或“意识形态国家机器”，但他却不能没有意识形态。同心脏、肠胃一样，意识形态是人类生存不可或缺的器官。没有了它，个体就必须面对自我的分崩离析和无边无际的焦虑。

个体必须生活在一个与其真实生存状态相配合、有利于肯定其自身价值的意识形态中，才会感到安适。任何人都只有在意识形态之中，才能构造出一个完整的、可以接受的乃至理想的自我。为了维持自我的完整感，即便环境中不存在现成、适宜的意识形态，个体也会像远古人类那样发挥自己的想象力和创造力，去建构出一个适合自己的意识形态。而且，这一过程就像性格形成的过程一样，在反馈回环中周而复始地进行。

由于意识形态是人类在自身性格结构的作用下发展出来，用来解释、协调自身需求与现实之间矛盾的，而每个人的处境、真实自我、面对的矛盾、性格策略都各不相同，所以任何一种意识形态都具有强烈的排他性，只可能满足特定人群的需要和利益，而对于另一些人来说，则可能是洪水猛兽，必须加以抵制。因此，所有文学作品中所包含的话语都是独特的、个性的。

通过上面的分析，我们可以粗略地得出一个人类的自我认知—自我实现的回环系统。它包含至少 8 个关系项——人的自我实现的需求、生存矛盾、现实、真实自我、认知、性格策略、意识形态和理想自我，以及各关系项之间的互动关系和动态过程。这一系统可以用下图简要描绘：

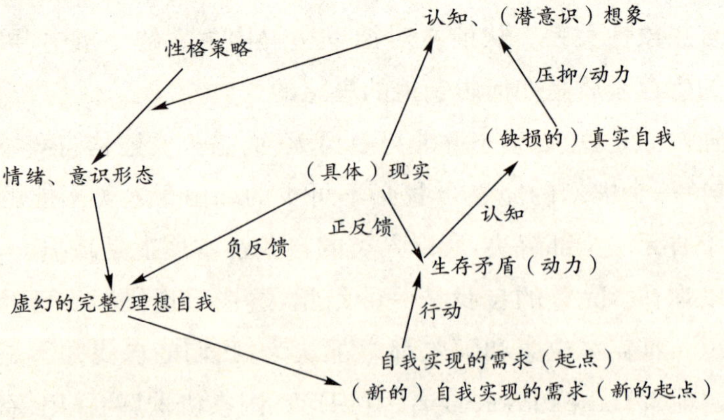

自我塑造回环产生的情绪、意识形态、理想自我，通过隐喻、投射等关系，与能够承载它们的题材、事件、人物等结合，便生成了文本。某一自我塑造回环运动的过程、它与特定文本结合的过程，以及其中所包含的关系项和动态互动关系，就构成了一个文学话语的自组织动力发生模型：

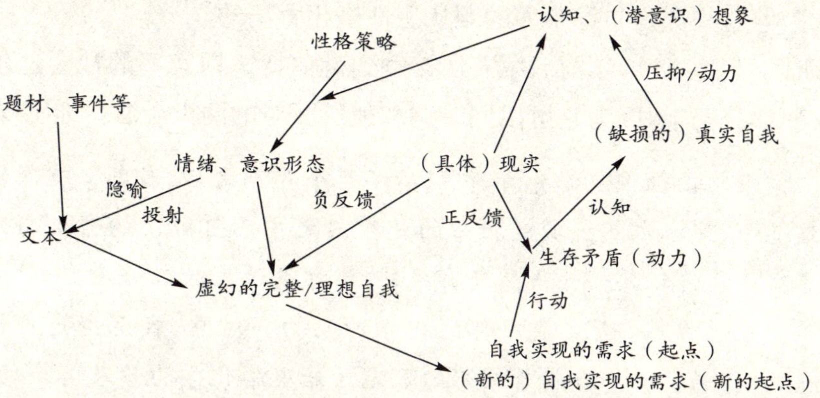

依据这一模型，可以对文学话语做出如下的界定：文学话语是人类自我认知—自我实现系统的一个组成部分，是从意识形态衍生出来的，其产生的动力是人类需要与现实之间不可解决的矛盾。对于一个具体的文学话语来说，它产生的动力是作者的需求与现实之间的矛盾。文学话语是作者建构自我、调和自身需求与现实之间矛盾的努力和产物。它们所包含的关系不是对现实的客观反映，而是真实关系与想象性歪曲的结合。这些歪曲不是认识上的谬误，而是作者根据自身生存状态、内心需要、现实的许可所进行的一种有利于构建或保持完整自我的想象。

以德莱塞《嘉莉妹妹》中的文学话语为例。在当时，德莱塞面对的生存矛盾是双重的。一方面，他的自我实现的需求是在当时居于强势地位的物质主义意识形态中塑造的。他希望通过自身的努力过上所向往的舒适生活，但是他从十几岁到芝加哥起奋斗了十多年，却始终一无所获。现实给予他的正反馈使得他实现理想自我的企图破灭，面对着强烈的自我危机。另一方面，他还经历着道德上的危机。同《美国的悲剧》中的克莱德一样，德莱塞为了买一件他羡慕已久的夹克而“借”过钱[①]，并因为婚外恋而备受指责。这些危机使他的自我处在极度的纷乱之中，但他无力通过改变现实来消除这些矛盾，而只能通过意识形态或话语的形式加以调和。调和类似矛盾的方式很多，如批判资本主义制度的不公，或批判现实的丑恶将“好人”变成了“坏人”，但这些都是与德莱塞的顺从型性格相背离的。

所以，当他 1893 年前后第一次接触到赫伯特·斯宾塞的社会达尔文主义时，便如获至宝，因为它可以同时调和他所面对的两大矛盾。他感叹道：

> 我恐怕很难使你弄清，仅仅读了几个星期之后，我怎么就想到这些事，使我木然。我最担心的是生活之中不可解决的紊乱与残忍得到最终证实……当然还有另外(请注意这里的二分法)一种必然存在的东西，这就是内部的化学冲动力。对它，我无论是否情愿，都得屈从……我带着沉郁的眼光开始观察化学力量及其产物，即机械力量是怎样通过人或者人体之外发挥作用的，我亲眼目睹了这些……而当我读了斯宾塞，我只能叹息。我所能想到的一切，只是既然自然不愿或不能为人做任何事情，那么人只要可能，就必须为他自己做点儿什么。但我却又看不出有什么前景，因为他仍是这些同样的偶然、漠然而又残忍至极的种种力量的产物。[②]

当然，对社会达尔文主义德莱塞也没有全盘接受。社会达尔文主义的核心是生存就是竞争，适者生存，但这是德莱塞所忌讳的，这只会给他贴上“失败者”的标签。最吸引他的是其中的生物决定论。这一理论对于通过很大努力也无法取得任何成功的弱者来说，是种很好的安慰剂。因为通过它，一个人可以把他的成功和失败甚至有违社会道德规范的行为都可以归结为人体内我们无法控制的化学作用。嘉莉先后委身两个男人，并不是因为她

---

① 约翰·莱登伯格：《德莱塞：丛林中的以实玛利》，见《德莱塞评论集》，龙文佩等编，上海译文出版社，1984 年，第 91 页。

② 查尔斯·瓦尔刻特：《德莱塞与超验主义的一股分流》，见《德莱塞评论集》，龙文佩等编，上海译文出版社，1984 年，第 19 页。

道德败坏，完全是她不得不屈从的化学作用的结果。这样事实上就取消了道德的存在，从而调和了他的道德危机。嘉莉努力工作的时候，她生活得却很苦；她取得了成功，也不是她刻意奋斗的结果。同样，由于生物力量衰微，无论赫斯渥如何机关算尽，也改变不了他日益走下坡路的厄运。成功与失败，皆在于生物冲动的引领，在于偶然的机缘，与奋斗和个人能力无关。这样虽然很无奈，但德莱塞至少可以心安理得地面对自己的失败了。

现实中，德莱塞的真实自我是缺损的。通过生成这样一个文学话语，德莱塞在此基础上建构了一个虽不理想但在低水平上平衡而完整的虚幻自我。这个自我通过隐喻（相似性）和投射等关系与具象的事件、人物等结合，就构成了我们所看到的文本。文学话语就是所有这些关系项和互动关系、动态过程的集合。

如果说前文的阐述，只是从方法论的角度和证伪法论证了作者中心论、现实中心论、文本中心论和读者中心论的错误，那么至此可以说从理论上论证了这一点。文学话语是一个没有中心的系统存在，无论作者、现实、性格，还是需求，都决定不了文学话语的最终形态。文学话语是这些要素互动产生的合力塑造出来的。从所谓"现实"、"主义"出发，剪裁文本使文本符合预先设定好的话语形态的做法是无效的。只有尽可能地还原一个文学话语生成的所有关系项，并发现它们之间的复杂互动关系，我们才能描述这一话语。否则，由于批评者和作者需求、面对的现实和生存矛盾、性格策略均不相同，即使一个批评者再审慎，他从文学作品中读出来的大体上还只是批评者自己的意识形态，是批评者自己对文本中所描绘的现实的主观理解。同样，以某种社会意识形态作为参照去解读文学话语，只能读出这些意识形态对现实的理解，远非文本所包含的话语。

上面的分析概要阐明了文学话语发生动力模型、主要关系项和基本互动形态——一个自组织的反馈回环，但是仅仅了解这些对于我们进行有效的话语分析还是远远不够的。回环和各关系项与文本形态之间还有许多隐含的关系和过程，有待我们去发现和阐明。性格策略、自我实现的需求、理想自我等都是非直观的，隐藏在诸要素关系之中。一个作者的性格策略如何、面对什么样的生存矛盾、有什么样的自我实现的需求，这些往往都没有客观证据。批评者只有在尽可能充分了解所有互动关系和过程的基础上，通过推导使之显现出来。下一章将着力探讨这些因素。

第四章

找寻话语的坐标：回环、关系项与文本形态的互动

上一章在相关文学、心理学、哲学理论基础上，已初步建立起文学话语发生的自组织动力模型。但是，这些已经揭示出的关系和过程对于我们进行有效的话语分析还是远远不够的。还需要充分了解：(1)参与文学话语生成的所有关系项的复杂构成、动态特征；(2)各关系项系统之间复杂的互动关系；(3)它们与文本形态、内容之间的关系。在此基础上，试图建构一种普适、有效的新型批评语法。由于这是一个全新的领域，可资借鉴的理论有限，本书只能进行一些尝试性的分析和例证。

一、关系项、回环的特性与文本形态

如前文所述，作为文学话语组成部分的自我塑造回环，是普遍联系、周

而复始、历史的、涌现的(emergent)。参与回环的各关系项系统——需求、性格、意识形态等,其中任何一个都不是封闭的实体,而是与其他关系项处在永远的互动之中。每一个关系项参与回环的同时,在与其他关系项互动过程中会因环境给予的反馈而进行调整,并在原有基础上形成新的组织。一个回环完成之后,不仅自我实现的需求发生了变化,而且其他所有关系项都向新的组织演化。它们既是自我回环的塑造者,也承受着回环的塑造①。这意味着我们在运用这一回环分析文学话语的时候,必须时刻注重这些特性以避免形而上学。由于这些回环是在互动中同时进行的,考察其中任何一个都必须同时研究其他要素的变化,所以下面笔者将仅以需求回环为例,分析自我塑造回环的特性是什么,对文本形态、内容有哪些影响。

由于各种自组织回环的作用,除了刚出生的婴儿以外,人类与现实进行互动并不是依靠本能,而是依靠我们在生存过程中发展出来的类似器官的组织或系统,如我们已经提到的性格系统、意识形态系统。事实上,需求也是一个器官性质的系统。

人本能的、不可抗拒的需求只有一个,那就是消除紧张,维持肌体的平衡状态,追求快乐、满足的感觉。这构成了人类一切行为的动力。与文学话语发生关系的并非弗洛伊德所说的性欲,而是作者的自我实现的需求。它源于本能,是本能需求的冲动在与环境周而复始的反馈回环交流过程中,通过自组织衍生发展出来的高级形态。本能的需求只是提供了动力,而一个人会产生什么内容的自我实现的需求,则是人类需求系统周而复始运动的结果。

任何一个特定的自我实现的寻求,都是在需求系统与现实、性格、认知、意识形态等相关系统的互动中生成演化的。它们如此地密不可分,以至于我们根本无法把它们完全分离开来。一个人会形成什么样的自我实现的需求,是一个人的本能需求以性格定向为通道/方向,与现实交流并得到现实

① 甚至现实也接受个体的塑造。作者生成的话语一旦进入社会,就可能影响现实中的话语环境。

反馈后，通过认知系统的总结形成一定的价值观念，然后由这种价值观念赋予本能需求以自我实现的内容。本能需求是盲目的，但经过这一反馈回环的不断组织和加强，就会形成一些稳定的、有具体内涵的自我实现的需求。

由于人类生活在一个话语的世界里，所以我们与现实的关系更多地表现为与各种各样话语的关系。例如，在20世纪五六十年代，善良、忠诚是社会提倡的主流价值。个体在成长的过程中可能会因为本能做出一些“恶”的事情，受到家长、社会的惩罚，在与现实的互动中获得正反馈。或者个体因为偶然做了一件好事而得到赞扬，给他带来了满足和快乐。这两种情况下，个体都有可能暂时形成善良、忠诚是“好的”这样的价值观，这种价值观与本能需求结合，就会产生以“做好人”为内容的自我实现的需求。

但是，文化氛围或价值氛围对个体产生什么内容的需求，并不起必然的决定作用，并不意味着人生活在什么主流、强势价值观或文化氛围下，就一定会形成什么样的价值观和自我实现的需求。关键要看在个体与现实交流的反馈回环过程中，这些价值观或需求是否能得到强化，成为一种相对稳态的组织。如果一个人因为做好事不断得到现实的负反馈，得以自我实现，或者现实中存在肯定这种价值的强大氛围和震慑效果，那么这种需求就可能会变成一种稳定的需求通道，人就会潜意识地把这种自组织的产物误认为自己内心的需求。原本过程性的需求就会转变成为一个器官性质的组织，如同本能一样支配着我们的行为、喜好。这时候，别人夸奖我们做了好事我们就会很快乐，它甚至能够抑制我们的本能冲动使我们不去做坏事。

相反，如果个体在依照一定的意识形态与现实互动过程中，环境给予的是正反馈，给个体造成非平衡态、冲突、压抑、危机，那么这一意识形态在调和个体与现实矛盾方面就会失效或暴露出缺陷，个体就可能选择放弃这种价值观，或是接受、生成新的价值观，来弥补原有意识形态在解决其生存矛盾方面的缺陷。接着上面的例子讨论。如果一个已经认同善良价值并且一直以好人自居的人因为偶然做了件坏事，或者因为出身不好而被贴上“另类”的标签，这一不利的正反馈产生的熵或焦虑就可能使原来的需求产生偏离,在其与现实的反馈回环交流中生成新的需求。

在这一过程中,性格系统的调节作用是非常重要的,它的定向选择作用对最终的话语形态有着深刻的影响。一个顺从、软弱性格倾向的人可能会因为负罪感而陷入深深的自卑,往往会通过移位、调控,在原有话语的基础上接受或建构类似佛教这样包含赎罪重生仪式的话语:一方面仍旧臣服于原有的话语,另一方面通过引入另外一种话语来协调由于继续接受原有的话语而带来的不协调,希望通过修行赎罪获得再生(哪怕是来世的)。如果是作家,具有类似形态的事件就可能对他特别具有审美/自我实现的效果,从而进入他的文本,如《红字》中海斯特由众人不齿的罪人变为天使。而对于傲慢—报复型性格倾向的人来说,"再生"对他则可能是毒药,必须加以排斥。他很可能放弃原先的话语,转而接受或生成诸如"性本恶"这样的颠覆性或"人本无善恶之分"这样的解构性意识形态,如许多武侠小说都包含了"正邪不分"、"善恶难辨"等形态的话语。如果这样的意识形态推动的行动能够给个体带来负反馈,那么个体则会生成相应的自我实现的需求。

两种不同性质的回环或可分别定义为成长型回环(Growth Loop)和匮乏型回环(Deficiency Loop,借用马斯洛对动机的划分——成长型和匮乏型)。不同回环过程中生成的文学话语,在形态上有很大的差异。前者是个体与现实交流过程中,环境对个体需求产生的行为带来负反馈,个体为了维持这种负反馈回环而顺应某种(强势)话语的结果。这一回环是维持性的,其目的是通过迎合、肯定一种话语,带来预期的负反馈,以获得自我实现。因此,由这种动机驱动创作出来的文学话语,往往只会重复和加强原有的话语(可能是一个也可能是几个)。例如,一些以名利为主要驱动的通俗作品的作家,往往选择用符合大众口味的某些既定的话语形态去写作,因为他们希望利用这些经过市场检验的话语形态来获得预期的负反馈。御用文人、欧洲中世纪依附于权贵的作家也在此列(虽然他们的需求可能不是单一的,可能夹杂着其他需求和异质话语,但应该以此为主导)。

匮乏型回环则起始于环境给予的正反馈,也就是起始于弗洛伊德所说的压抑。前面提到，正反馈不利于原有系统的组织结构，会造成破坏和熵，但是它与负反馈相比，更具有形态发生的作用，因为它与组织的反作用力的相互作用，有可能使得系统向更高一个层次的组织演化。因此，每一次人生危机都为生成新的话语提供了契机。因为这样的危机会造成个体自我认同的缺失，原有的基本协调的自我遭到了破坏，由此产生的痛苦和焦虑使得个体不得不暂时丢弃原先认同的话语，转而寻找或建构新的自我。

绝大多数严肃文学中的话语都是在这一回环中建立的（虽然不是全部）。由于需要在自我碎片的基础上构筑出新的话语和新的自我，严肃文学话语往往是个性的，比成长型回环生成的话语更具广度和深度。例如，海明威原本因为认同为正义、民主而战这样的话语而前往意大利参战，然而他在前线看到的只是战争的残酷、军事机器的无情、官僚的无能、生命的渺小与无奈。即便你戴着银质勋章回国，等待你的也不是鲜花和荣誉，而是失业和嘲笑。这些正反馈，造成海明威原有价值观彻底失效。这种价值观真空引发的自我塑造回环，就属于匮乏型。

两种回环形态中，匮乏型的更为原初、常见。此外，在匮乏型回环的不同阶段生成出来的文学话语，形态也有着较大的差异。我们可以将这一回环大致分为两个阶段——冲突、危机阶段和理性阶段。在冲突、危机阶段，由现实正反馈造成的压抑、焦虑大行其道，作者还没有接受或生成新的话语来成功压制住这些焦虑。这一阶段的作品往往感情宣泄的色彩较为浓厚，表现为一些话语散乱的组合。作者往往在一些话语之间摇摆，举棋不定。这样的作品我们可以举出很多，例如海明威的早期作品《太阳照样升起》、《永别了，武器》，安德森的《瓦恩斯堡，俄亥俄》，尤金·奥尼尔的《毛猿》、《进入漫漫长夜的旅程》，田纳西·威廉斯的《玻璃动物园》、《欲望号街车》，以及多数后现代主义作品。作者在作品中记录的更多的是一些情绪事件。旧的意识形态依然隐蔽地发生着作用，新的话语尚未形成。事实上，现实并非像他们表现得那样无序，然而由于当时作者的自我杂乱无章，他无法建构出一个有完整形态的文学话语。有些作家如尤金·奥尼尔，甚至一生都没有走出这个阶段。他一生写的都是悲剧，并因为心理能量总是在心里激荡而充满感染力。

理性阶段则处在一个回环的后期。这时候，通过认知、想象的多次小的回环，作者已经接受或是生成了能够调和其与现实矛盾的意识形态，形成了一个虚幻的理想自我。这一阶段生成的文学话语，形态上是高度组织的，例如海明威的《老人与海》、贝娄的《赫索格》、德莱塞的"欲望三部曲"等。

有趣的是，贝娄的《赫索格》似乎正好描绘了这样一个回环。主人公赫索格妻子的移情别恋打破了他旧有的自我幻象，使他陷入深刻的自我危机中。在危机期，他处在自责自恨的情绪中，有无数的话要说，但写出来的常常是不知所云却情绪激昂的只言片语。然而通过与现实的几番互动、反馈，他写的东西越来越完整清晰，从中孕育出一个全新的理想自我来。

当然，话语生成的真实过程远比我们前面说到的回环形式更为复杂。除了诗歌等容量极小的作品之外，任何文本内部都有多个回环同时在运动，只是哪一个更为突出、明显的问题。这一方面和人类需求的系统性密切相关，因为每个个体都会在与现实的互动中产生一系列的需求，同时也会面对多个矛盾，因而会形成多个周而复始的反馈回环。另一方面，也是意识形态的虚幻性所决定的。任何意识形态都是真实关系和想象关系的结合，这决定了它只能调和而非解决一个人所面对的矛盾。因此，人们在接受或生成一种意识形态之后，还需要辅以其他的策略或意识形态来调和因为认同该意识形态而产生的不协调。越是远离真实状况、包含想象关系越多的意识形态，其副作用也越大，也就越需要其他回环的参与和制衡。不同的回环有主次之分，并在条件发生变化的情况下改变主次结构。同时，这些回环可能是不同性质的——有些是成长型的，有些是匮乏型的。这些形态和关系均会投射到文本之中去。

例如，在前面我们提到的《嘉莉妹妹》中，就有两个回环同时进行，只不过德莱塞采用了一种意识形态加以调和。在创作《嘉莉妹妹》的阶段，德莱塞压倒一切的需求是缓和自我认同危机所带来的痛苦和焦虑，所以他会以一种近乎受虐的方式接受社会达尔文主义中的生物决定论。这种话语对应的自我形象——一个受盲目力量摆布的无助之人，绝非人们所乐意接受的。所以，它实际上对作者的其他需求构成了压抑。对于德莱塞来说，生物决定论在使其生活变得清晰的同时又陷入一种清晰的痛苦中——如果人只是受盲目力量摆布的可怜虫，那么活着还有什么意义？问题在于，那时的德莱塞无法去思考生活的意义。任何充满幸福承诺的意识形态对他都是不利的，只会让他清醒地认识自己的困境，勾起他的痛苦。因此，虽然有追求幸福人生的需要，但由于解决前一种痛苦更为紧迫，所以在《嘉莉妹妹》中，德莱塞还是迫不及待地臣服于生物决定论。只是最后在疏导了前者造成的压力之后，我们才看到了作者其他需求的影子，以及相应的话语对策——不可知论。正如他在小说的结尾感叹的：

> 啊，嘉莉，嘉莉！人心盲目的挣扎！它喊着前进，前进，美走到哪里，它就追到哪里……直到走酸了脚，希望仿佛消失了的时候，才会产生心痛和焦虑。那么，你要知道你是不会餍足、不会满意的。坐在你窗边的摇椅里梦想，你将永远独个儿渴望下去。坐在你窗边的摇椅里，你将梦想你永远不会感觉得到的幸福。①

人生是什么？人类的精神并非贫穷到给不出一个答案。在我们生活的话语世界里，充满着各种各样的幸福承诺。但是以德莱塞当时的处境，这些答案要么他不屑一顾，要么就是对他不利的，是不折不扣的毒药，所以他采取的策略就是不去想它。于是他说："我们所知道的，就只是我们没法知道。"②这样的不可知论就应运而生了。往往正是在不同回环的裂隙之间，我们才能看到作者、现实的真实状态。德莱塞满怀激情书写他的生物决定论人生的时候，感叹人生不可知的时候，其实满纸写下的只有"无奈"。这也就

① 西奥多·德莱塞：《嘉莉妹妹》，裘柱常、石灵译，上海译文出版社，1980年，第498页。

② 卡尔·范·杜伦：《德莱塞和他的小说》，见《德莱塞评论集》，龙文佩等编，上海译文出版社，1984年，第61页。

是为什么笔者一再强调，要描绘一个文学话语，我们必须尽可能地还原它系统内外的所有关系项和互动关系。因为只有这样，我们才能真正了解这个话语里面到底包含着什么。

从这个例子我们可以看出，文学话语的最终形态是受作者的真实状况、处境调节的，这也就是我们下面所要探讨的。

二、性格策略、理想自我与文学话语、文本形态

前文已经论述了性格系统对于形而上观念形成的重要作用，是我们解析文学话语时需要重点分析的关系项之一。当然，在实际操作中批评者会遇到一些问题。批评者面对的绝大多数都是已故作家。即便是健在者，也不可能用心理量表去测试他们的性格倾向。但是，如果我们的目的只在于抓住作者的主导性格倾向而不是全部的话，进行这种操作的可能性还是比较大的。

研究发现，一个作家稳定的性格通道会直接影响到文本的形态。一位作者的性格策略、理想自我形象和他创造的文本话语在形态上存在很强的对应关系。出于建构理想自我的需要，每一位作者都会在性格策略的作用下，潜意识地拒斥真实现实中不利于自我建构的关系、事件进入文本，同时朝着有利于自我建构的方向歪曲现实中的真实关系。由于性格策略具有强烈的定向作用，它们中的每一个都对应着一到两个典型的理想自我形象，并且有一到两种典型的理想话语形态与之相对应。由于性格策略无一例外具有一定的副作用，作者往往还需要生成相应的代偿性的话语加以制约，所以我们常常会看到相对于同一种性格策略，理想话语形态和代偿型话语形态相伴相生的情况。只要批评者对不同性格倾向常用的策略组合、对应的理想形象有足够的了解，再通过细读文本，就不难把握作者的性格策略及其对文本形态的影响。美国文化精神分析学派心理学家卡伦·霍妮(Karen Horney)将人的性格策略分为五大类型——顺从型(the compliant type)、自

恋型(the narcissistic type)、傲慢—报复型(the arrogant-vindictive type)、超然型(the withdrawn type)和完美主义型(the perfectionistic type)①。下面，笔者将主要以卡伦·霍妮的人格理论为框架，分析性格策略、理想自我形象和文本形态之间的对应关系。

(一)顺从型策略

顺从型策略发端于自我的弱小，是处境不利、柔弱、谦恭的一类人通常采取的策略。它的核心是在面对矛盾时，选择压抑自我的需要和内心的攻击倾向，通过臣服于外在力量来获得保护，避免冲突带来的焦虑。

大多数宗教的原始教义都与顺从型策略相协调，这与当时人类总体处境比较脆弱、等级制度森严有关。如基督教就规劝人“如果有人打你左脸，你应该把右脸也伸给他”，同时把这种行为视为美德。加尔文主义和清教也是与此策略相协调的。相对于这种策略最常见的理想自我形象是“乐于为他人牺牲的人间天使”。例如《珍妮姑娘》中的珍妮，总是在迫不得已的情况下，为了别人而牺牲了自己的贞操和名誉，一个人默默地承受生活之重(当然这种话语并非完全由此因素塑造，我们必须与其他因素综合起来考虑)。德莱塞在《嘉莉妹妹》中选择臣服于生物决定论的情形，也是一种顺从策略，但相对比较少见。由于单纯顺从型话语是为了避免冲突而发生的，所以在这些作品中我们通常看不到激烈冲突。

由于任何策略都是调和而非真正解决问题，因此均会产生一定的副作用，需要生成其他策略进行协调和弥补。对于顺从策略者来说，时常让步会对自我构成持续的压抑、增强自我无力感，但他们又不能采取攻击策略，所以顺从型性格倾向的人常常会被具有攻击型性格的人所吸引，在他们身上找到自己所失去的东西。

许多武侠小说中的话语，就是这种代偿策略的产物。这些小说塑造了

---

① 卡伦·霍妮有关性格策略和理想自我的论述见卡伦·霍尔奈《我们内心的冲突》，上海文艺出版社，1998年；及卡伦·荷妮《神经症与人的成长》，国际文化出版公司，2001年。

一个个武功盖世，在压力面前坚韧、勇敢，最终总会战胜强敌的英雄。绝大多数情况下，这些形象与现实中作者的自我正好相反（极少数情况下可能是自恋）。德莱塞“欲望三部曲”则是商场版的武侠小说。他在里面塑造了一个具有超凡能力、为美女所环抱的商界巨擘——柯帕乌。虽然小说是建筑在真实事件的基础上的，但背后生成的机制却与多数武侠小说大体相同。顺从型策略生成的话语中，最为典型的当数《西游记》，因为它是上述两种机制的完美结合。孙悟空既是一个忍辱负重、臣服于佛法、最终修成正果的典范，又是一个抵抗一切强权、拥有超强能力的盖世英雄。后来的许多武侠小说在形式上都重复了这一模式。

(二)自恋型策略

自恋型策略通常发端于自卑，但是自恋者往往确实在某一方面比较优秀。为摆脱自觉卑微的烦恼，自恋者的策略是夸大自己这方面的品质，将自己想象成人中豪杰，如“救世主、命运的支配者、先知、伟大的施予者、人类的造福者”，通过歪曲自我，搞“自我崇拜、魅力训练”来驾驭生活，获得满足。由于这个自我是虚幻的，他们往往需要不停地谈论自己的功绩和杰出品质，不断地需要用别人的爱慕和忠诚来确认他对自我的评估。这正暴露了他们的不稳定感。他们的交易是，假如他们能固守自己的梦和夸大了的自我估价，就可以生活在满足之中，“若事情并非如此，他们就会经受心理崩溃，因为他们没有能力面对现实”①。

与自恋型策略相对应的是一些崇尚“极至能力”的话语，如尼采的“超人”哲学崇尚超凡意志、爱默生的超验主义崇尚“至善”等。由于生成这些话语所需要的条件较为苛刻，且不容易维持，所以数量上相对较少。上面我们已经提到，它们对应的理想自我形象是“超人、救世主、命运的支配者、先知、伟大的施予者、人类的造福者”等。“上帝死了”、“我就是上帝”出自他们之

① 伯纳德·J·派里斯：《〈我们内心的冲突〉中文版前言》，见卡伦·霍奈尔（霍妮）《我们内心的冲突》，王轶梅译，上海文艺出版社，1998年，第14页。

口，实在不足为怪。在文学作品中，并不缺乏这些形象。当然，由于必须考虑现实因素和大众的接受程度，这些形象都相当平民化。例如，杰克·伦敦《野性的呼唤》中具有超强体力和适应能力的狼狗巴克，以及海明威后期作品《丧钟为谁而鸣》中的乔丹和《老人与海》中的桑提亚哥等，两者都具有超凡的意志。

由于这一策略的核心是"超凡"，且这种超凡是虚幻的，持这一策略的人并不是像他自己想象的那么出色、无人匹敌，所以它的特色就是个人英雄主义。这些作品中的主人公无一例外都是孤军奋战者，在他的同伴中绝对不可能出现一个与他能力相当、对他构成竞争的人，因为这样一来就必然勾起作者对自己真实处境、真实自我的憎恨，这一超凡形象就要崩溃。所以，他们可以有强大的对手，但绝不可能有强大的同伴。甚至，如果这个对手是人，也不够理想，因为那样还是能够勾起其真实生活中的感触。因此，持自恋策略者在人与自然的搏斗中找到了最好的题材。这正是我们在《野性的呼唤》和《老人与海》中所看到的。

与此相对应，自恋型话语中英雄或主人公身边几乎必然存在一个崇拜者，而且往往崇拜到没有自我、没有头脑的地步，因为自恋策略需要别人的爱慕和忠诚来肯定其对自我的虚幻评估。这在海明威的作品中表现得尤其明显，如《老人与海》中的男孩、《丧钟为谁而鸣》中的玛利娅、《乞里马扎罗的雪》中的妻子，甚至包括早期作品《太阳照样升起》中的勃瑞特（Bret）、《永别了，武器》中的凯瑟琳。海明威作品中的女性无一例外都是以崇拜者而非真正平等的恋人身份出现的，这也就是为什么读过他作品的人都会觉得他笔下的爱情特别苍白。有人因此指责海明威是"大男子沙文主义"，这其实是一种误解，因为在潜意识里自恋者漠视所有人，并非仅仅女性。贬损他人、抬高自己是他们证明自己"超凡脱俗"的必要步骤。例如，爱默生在他的日记中这样写道：

1849 年 4 月 4 日 谈到时代的基调，年轻的演说家们会告诉你这样那样的答案。让我来告诉你所有时代的基调吧，那就是"低能”:除了一些辉煌的时刻,低能在一切时候,存在于一切人身上,甚至是英雄们身上,他们不过是万有引力、习惯、恐惧、感觉的奴隶。正是由于其他人缺乏自立的习惯以及首创性,强者才显得强大。[①]

是否存在个人英雄主义和崇拜搭档,是区别同样有英雄出现的自恋话语与顺从—代偿型话语的重要标志。

与顺从型策略相比,自恋型策略的副作用更强,破坏性更大。由于这一策略生成的自我形象虚幻性很强,极不稳定,固守这样策略等于把自己逼上了绝路。要么你最优秀,要么你能维持你是最优秀的这种感觉,否则,你的自我即使不崩溃也会面对极大的焦虑。正如弗洛姆所描述的:“如果自恋者成功地说服别人尊敬他,他就欢天喜地,精神抖擞。在他不能取信于人时,如果他的自恋受挫,那他要么像泄了气的气球而萎靡不振,要么满腔愤怒,大发雷霆。”[②]一旦自恋的形象维持不住,自恋者遭遇的危机比其他人都要强烈,往往会感觉什么都没有了。这是一个极其可悲的事实。所以我们看到尼采不幸疯了,海明威最终选择了自杀,杰克·伦敦则在《马丁·伊登》中预示了自己的最后命运。虽然他最后死于意外,但他酗酒吸毒等于是在慢性自杀。从爱默生的日记中,我们也可以看到他处于自恋和虚无两极的痛苦:

1837年5月26日 ……作为地球上的一株植物,我生长在上帝的怀抱。我是上帝的化身,而他是我的灵魂,将神圣的“我”从凡我肉体、命运、欲望的软弱、肮脏中解救出来……我甚至可以满腔热忱地说我就是上帝……可是,为什么不能始终如此呢……可恶的二元论。我无法理解这阴暗的问题。我笃信天人合一,我已然天人合一,但我却看到自己有两个面孔。一方面,我感觉自己与自

① 作者译自 Emerson, Ralph W., *Selected Writings of Ralph Waldo Emerson*, New York: The New American Library, Inc. 1965,第141页。

② 埃里希·弗洛姆:《弗洛伊德的发现之伟大与局限》,见《弗洛姆著作精选》,黄颂杰编,上海人民出版社,1989年,第695页。

然息息相通，为我献身的事业——公正与仁爱而欢呼雀跃；可另一方面，我却很难触摸到这个“神圣的我”，整天惧怕灾祸的降临。我还没有步入神圣的行列，还不足以获得安宁……我找不到答案。有时，我是个行动者(Doer)，是个神灵，主宰着周遭的事事人人，真知灼见不住地奔涌显现。至少我是那么说、那么感觉的。然而现在，我又回到惯常的痛苦之中。①

之所以会出现这样的结果，皆因为自恋者所追求的是现实无法给予的泡影。面对自我崩溃时，自恋者的代偿性话语策略就是虚无主义——干脆否认生活有任何意义存在。我们都知道尼采是虚无主义大师。海明威在《一个洁净、明亮的地方》中清晰地表达了他的虚无主义感触，而他的主要作品不是以死亡就是以虚无作为结尾：勃瑞特和巴恩斯坐着出租车不知驶向何方；亨利孤独地走入黑暗的雨幕；乔丹死于毫无意义的炸桥行动；桑提亚哥则载着被鲨鱼吃剩的鱼骨架驶回渔港。如果杰克·伦敦不感觉到生活的虚无，他也不会以自杀作为《马丁·伊登》的结局。

(三)傲慢—报复型策略

傲慢—报复型策略或可称为“叛逆型”策略。这种性格策略往往因童年时代受到粗暴对待而形成，是一种用攻击的方法克服自身弱小的策略。这样的人成年后在遇到矛盾时，倾向于用攻击的方法来克服矛盾，常见的性格特征是叛逆、坚强、泼辣、暴躁、尖刻、冷酷、固执、愤世嫉俗、富于竞争观念等。与顺从型策略正好相反，爱对他们来说无足轻重，哭哭啼啼是他们所鄙视的。遇到压力不是顺从而是抗拒，不是自己改变而是要求对方改变。在强大的阻力面前，不是逃避，而是往往想尽办法也要克服。如果用一个词语来形容这一策略，那就是“刚性”——宁为玉碎，不为瓦全。这种性格的光明

① 作者译自 Emerson，Ralph W.，*Selected Writings of Ralph Waldo Emerson*，New York：The New American Library，Inc. 1965，第 68 页。

的一面是，如果个体将注意力投入到正义事业中去，会成为为大众福祉而抗争的斗士，是一种实实在在的革命者的性格。当然，我们关注的，还是它与文学话语的关系。

这种策略对应的理想自我形象是生命中的强者、命运的主宰者，希望比别人表现得更有力、更坚强、更现实。《简·爱》就是典型的叛逆型策略生成的理想话语。简·爱从小就在逆境中成长——先是遭舅妈、表哥的虐待，后来在孤儿院又受到保育员们的粗暴对待。她一直采取的是以暴抗暴、绝不服输的策略，并且取得了一定的成功，维持了一个完整的自我。通过许多次这样的负反馈回环，最终形成了稳定的叛逆性格。我们在为简·爱自强自立的精神所打动的同时，也应清楚地看到其行为的实质。她需要爱，但如果这种爱是以顺从、软弱为代价的，那么她宁可不要。一个强大的爱人并非她所需，那只会让她感受到自己的弱小，激发起她的抗拒、竞争意识。她之所以会接受罗切斯特，更多是因为后者适应、迁就她在先。对于简·爱来说，一个失明、无助的罗切斯特，反倒比一个健全、强大的罗切斯特来得更可爱，因为其控制、主导的需要先于爱的需要。

《简·爱》的后半部分浪漫主义色彩过于浓厚，这已是公认的事实。其描绘的理想过程和结局，在现实中是几乎不可能实现的。不存在没有后果的策略，叛逆型策略同样有较大的副作用。由于采取的是对抗策略，一旦持此策略者遇到个人无法突破的阻力，或其强者形象受到难以抗拒的损害，一股具有强大破坏力的心理能量就会在心中激荡，必须加以发泄。比较严重的情况是，一遇到不顺心的事就暴跳如雷（顺便说一句，这种性格的人很容易患高血压、心脏病）。夏绿蒂·勃朗台不幸就具有这样的性格[①]。针对这些问题的代偿性话语是批判性话语，使得强烈的不满情绪在攻击社会丑恶现象的过程中得以释放。由于社会批判型的文学话语很多，后面论述的过

---

① 参见中华网文章《〈简爱〉作者夏洛蒂·勃朗特：是圣女还是欲女？》http://culture.china.com/zh_cn/info/character/11022812/20050414/12240328.html 2005-05-01）卡伦·霍奈尔（霍妮）：《我们内心的冲突》，王轶梅译，上海文艺出版社，1998 年，第 45 页。

程中也会提及，在此就不做赘述了。

（四）超然型策略

超然型（或可称作"逃避型"）性格的人在矛盾面前既不愿意妥协，也无力抗争，而是通过逃避现实来回避矛盾，保护弱小的自我，维持自我的完整，用俗话说就是"眼不见，心不烦"。它的特征是疏离人群、亲近孤独、与他人保持安全的距离。持这种策略的人往往否定奋斗、成功、名誉等常人追求的东西（虽然这些原本可能是他们渴望的），厌恶任何拘束和羁绊，崇尚自由自在、自给自足、万事不求人的生活。由于在人群中往往感到焦虑、不自在，超然型的人有一种强迫的保持独立的需要。他们不想在任何事情上有求于人，也抗拒来自外界的强制、影响，不愿意承担责任和义务。这种人的策略是"无论他怎样软弱无力，他也绝对不是一架听人摆布的机器"[①]。正因如此，许多超然型策略者都是隐士。他们的理想自我形象是"清心寡欲、超凡脱俗的世外贤雅"。他们的理想生活状态则是在自己营造的狭小空间或大自然中与自己的幻想为伴，享受那份闲适和优越感。

超然型策略生成的话语对于中国文学来说再熟悉不过了，因为"清风傲骨"向来为中国文人所推崇。最典型代表人物莫过于陶渊明，而代表作则数刘禹锡的《陋室铭》。超然型话语的突出特点之一是强调亲近自然，因为那里是脱离人群、逃避尘世烦恼的最佳去处。英国18世纪许多浪漫主义作品和美国作家亨利·梭罗的《瓦尔登湖》都在此列。另一个突出特征是亲近直觉和想象，远离理性和现实。必须强调的是，超然型是没有主张的，因为他们的策略就是遇到问题不去想它，不是诉诸理性和行动，而是本能地逃避。他们不愿意放眼世界，也不企求找寻真理，只希望用直觉和想象牢牢地守住心灵这一亩三分地。一株小草、一朵小花会让他们感怀良久；一个偶然抓住的奇思妙想会让他们兴奋一整夜。也正因为如此，我们在超然型话语里几

---

① 卡伦·霍奈尔（霍妮）：《我们内心的冲突》，王轶梅译，上海文艺出版社，1998年，第45页。

乎看不到反映某种成熟意识形态的长篇巨作。短小的诗歌和散文才是他们理想的表达形式。

当然，这些特征都属于发育成熟的话语，已经进入了负反馈回环的阶段。这时候，作者已构筑出一个理想的自我，能够为自己生产快乐了。还有许多作品处在正反馈回环中，理想的自我尚未成型，但明显包含有超然/逃避的倾向，如马克·吐温的《哈克贝利·芬历险记》、约翰·厄普代克的《兔子，跑吧》等。

同其他策略一样，超然—逃避型策略如果走向极端，也存在很大的副作用。面对生存矛盾的时候，超然策略者既不能像顺从型那样与环境妥协，也无力像叛逆型那样与现实抗争，只是一味地回避问题。所以，一旦在外界的干预下无法从容超脱，必须回归现实中去，就容易造成心理上的瘫痪。因此，超然策略者也需要建构一些代偿性话语策略，其中最典型的就是无政府主义的话语。例如，梭罗原本只想逃避尘世，独享心灵的自由，不料却因拒绝缴税而被警察关进了监狱。他在狱中写的《论公民的不服从》（“Civil Disobedience”）中就表达了一种无政府主义的思想——最好的政府是什么也不管的政府。这并非真正意义上反政府的革命话语，只是要求别人不要干涉他超然避世的生活罢了。英国浪漫主义诗人雪莱也是个无政府主义者。陶渊明的《桃花源记》也是这种代偿话语的代表。作者在作品中想象了一个没有政府管辖、人人平等、每个人都可以按照自己的意志自由自在生活的社会。因为唯有那样一个没有强权、义务、钩心斗角的社会，才是超然策略者理想的居所。

（五）完美主义策略

霍妮认为完美主义者通常拥有较高的道德或智力标准。他们为自己某一方面的品质比较出色而颇为自豪。他们在生活中严格按照这些标准行事，以此来肯定自我，并且苛求他人也要这么做。能够达到他们所坚持标准的人，他们就会充满崇敬；而对于大部分达不到的人，他们则会藐视。但是，这样的倾向可能存在于前面提到的任何一种倾向之中。只要某种性格策略的理想自我形象一再得到强化，就会出现这样的情况。例如，以善良、谦和者自居的顺从型的人，会批评叛逆型者霸道、自恋型者狂妄；以坚强、主宰者自居的叛逆型的人，会批评顺从型、超然型者懦弱；以“超人”形象自居的自恋型者，会批评其他所有人低能。所以，完美主义不是一种个性的基本形态，反倒是属于共性的东西，是特定基本性格策略进一步发展的结果。

说它是共性的东西，是因为它是与人类追求快乐最大化的本能相联系的。正如弗洛伊德发现的那样，快乐原则是先于现实原则的。每个人都是天生的理想主义者。一旦人们真诚地相信某一策略、某一意识形态能够为他们生产快乐，并且取得了一定的成功，人们就会采取行动固守着它并排斥可能对它造成威胁的话语，而不去追究它是否符合现实。这样就会导致我们上面所看到的完美主义。

至此，本书大致研究了四种基本性格策略与它们对应的理想自我形象和文学话语之间的关系。虽然性格策略对文学话语形态的影响是巨大的，但本书并不是想在此提倡性格决定论。性格自身也是一个在其他关系项参与下不断发生改变的系统。只是为了方便分析和论述，笔者才把性格同现实、意识形态等其他关系项剥离开来。在研究某一具体话语的形态时，有必要将所有的关系项综合起来考察。同时，上述研究还只是初步的、简化的。这里只是研究了四种基本性格策略和与它们相对应的典型话语的典型形态。现实情况比我们所探讨的更为复杂。正如霍妮指出的，每个人性格中都同时存在这四种基本性格倾向，它们通常会交替发生，但是个体为了获得某种完整感，会根据性格和环境因素在他们各自情形中的特有结合，“会强调某一类倾向强于其他，成为主导的性格倾向。但其余的倾向依然继续存在，他们潜意识地在伪装下以迂回的方式得到表现。并且，在环境、处境发生较大改变，或先前采取的主导策略彻底失败情况下，个体可能转而采用原先被压制的其他防卫策略”①。

事实也是这样。只要是长篇作品，绝大多数所包含的话语都是多种策略结合在一起的混合型话语。例如，我们前面提到海明威的作品、《西游记》等都至少包含了 2 种话语。杰克·伦敦的《马丁·伊登》则可能至少包含 3 种话语——自恋型、虚无主义和社会批判。前两种在作品中的表现前面已经简要分析过了。事实上，社会批判是《马丁·伊登》中的主导话语，因为杰克·伦敦在作品中将自己自恋梦幻的破灭主要归咎于资产阶级的自私和虚伪。

必须看到的是，性格策略和对应的话语形态的复杂多变，是由人类与现实互动关系的复杂性决定的。要解释这样的策略和话语组合，单单从性格角度就做不到了，必须将它们放到作者与现实的复杂互动关系中才有可能把握，而这正是笔者下面所要探究的。

三、作者的真实自我、处境与文学话语、文本形态

无论作者有什么样的生存矛盾和性格倾向，在运用性格策略进行调和、生成话语的过程中都要受到真实自我和现实处境的制约。表现在真实自我与社会现实的强弱对比会直接影响作者可能采取的性格策略，从而间接影响到文本的形态。

笔者发现，有些话语只可能属于现实中的“成功者”或者“强者”，例如自恋型的或社会批判型的话语。自恋型的话语意味着作者在某一方面比较优秀，现实是肯定其在这一方面价值的，这样他/她才有资本以自恋作为疏导自身力比多能量的通道，生成各种各样的个人神话来构筑理想的自我，掩盖自身在其他方面与现实的矛盾。例如爱默生的超验主义强调个人的“神性”，这与他出色的辩才有着密切关系。他可以驳倒任何人，以至于认为自己像神一样掌握着世间万物的真理，并为了维护这样一个形象而生成了他

---

① 伯纳德·J·派里斯：《〈我们内心的冲突〉中文版前言》，见卡伦·霍奈尔《我们内心的冲突》，王轶梅译，上海文艺出版社，1998 年，第 12 页。

独特的超验主义话语。通过自我奋斗一夜成名的杰克·伦敦早期建构的话语中则充斥着“强者”、“意志”、“适应力”等织就的“超人”哲学的影子。海明威还是无名小辈的时候建构的只是充满“迷惘”的话语，而少年得志成为著名作家之后，便逐渐将自我投射在虽然面对逆境却有着百折不挠的意志力和自信力的强者哲学中去了。

这些话语对于真实自我在与现实对话中处于不利境地的人，是不可想象的。“弱者”建构的话语更可能的是顺从、解构、逃避等类型的话语。顺从型话语是弱势的真实自我、极端不利处境、顺从的性格策略相结合的产物。前文已经提到了德莱塞的例子。作为一个没有家庭背景、未受过良好教育、性格脆弱、成熟偏晚、在一个浮躁的社会中把飞黄腾达作为自我实现的目标，却又几经奋斗一无所获的人来说，他没有能力去改变现实，那么只有顺应现实。

解构型话语则是弱势自我、极端不利处境（无法抗拒的压制型话语）和叛逆性格策略相结合的产物。前文在分析德里达解构主义的时候，已经分析了他解构思想的成因。德里达是犹太人和出生在阿尔及利亚的“黑脚”，是少数派之中的少数、弱势中的弱势群体，但他偏偏又在对他最为不利的巴黎接受教育，因而自我价值遭受两种歧视性话语的双重否定，以至于他总是“晕校”（每次要回学校时，总要哭泣），身体也“很虚弱，总是处于精神崩溃的边缘”[①]。这样的自我、压制性话语与叛逆型性格相遇，就形成了一种非常隐蔽、克制的反抗，通过解构压制性话语的前提，来否定这种话语，从而间接地肯定自我的价值和存在。这就是为什么德里达一定要“强制性”地解构二元对立和同一性。

德里达的解构是一种哲学话语，事实上，在文学中也不乏这样的例子，例如弗兰纳里·奥康纳的话语。奥康纳的父亲与她都不幸罹患红斑狼疮。无论她所处的人际环境、话语环境，还是现实环境（红斑狼疮还是不治之症）

① 弗朗索瓦·埃瓦尔德：《一种疯狂守护着思想》，见包亚明主编《一种疯狂守护着思想》，上海人民出版社，1997年，第28～29页。

都对她不利。奥康纳不是一个善于社交的人。她把自己描述为一个"内八字脚、短下巴、有着'离我远点否则我就咬你'情结的孤独女孩"(pigeon-toed only child with a receding chin and a you-leave-me-alone-or-I'll-bite-you complex.)①。她笃信的天主教倾向于将命运、个人价值与道德联系起来。她的侵略性格、红斑狼疮与天主教结合起来,对她构成了极其否定的价值判断——红斑狼疮是上帝对她的不友善行为的惩罚。这些特殊的组合造就了一种解构性质的否定性话语。她在《好人难寻》("A Good Man is Hard to Find",1955)、《暴力夺走了它》(*The Violent Bear It Away*, 1960)等小说中不仅否定了上帝的存在,也否定了好与坏、善与恶的界限,可以说是文学中的解构主义。由此可见,文学话语的发生是有规律可循的,相似的关系项和互动关系的组合,会生成相似的话语形态。

真实自我和现实处境对性格策略和话语形态的影响,还表现在两者发生变化之后,往往会促使作者采用新的性格策略。这一点将在探讨文学话语的动态过程性的时候进一步论述。

四、宏观社会经济现实、话语现实与文学话语、文本形态

在上面的分析中,部分地探讨了外在现实与文学话语的关系,即与作者的生存矛盾密切相关、对作者自我构成压抑的现实。这部分现实直接参与了文学话语的建构,与文本的关系也比较容易理清。而宏观现实与文本形态、内容之间的关系则要复杂得多,也是以往批评理念存在较大误区的地方。在第一章中,笔者否定了现实中心论,即"时代精神"与文学话语同构的观点;在探讨文学话语发生的时候,又否定了"存在"对于"意识"的直接决定作用。但是,笔者并不否认社会经济现实在文学话语建构中的重要地位,只是认为有必要重新思考、确认它参与建构的方式,以及它与文本的互动关

① 转自美国国家图书基金会网页 http://www.nationalbook.org/nbaclassics_foconnor.html,2005-05-10。

系。要正确认识这些关系，需要澄清以下两点：首先，现实并非是文学话语发生的背景，而是参与者之一。类似"一次世界大战彻底摧毁了人们的传统价值观，给战后的人们留下了一片精神荒原"这样以偏概全的描述是不能成立的。任何一种现实只有与作者发生了碰撞，与文本存在切实的互动关系，才能够纳入考察的范围。其次，现实不是单一的，而是一个复杂的系统。我们没有理由泛泛而谈所谓的现实，而是应当针对考察的特定对象严格加以区分、细化，分析它所包含的特定社会经济内容及相关的生存矛盾。那么，在复杂性思维模式下，宏观现实与文本的关系究竟如何？比较 19 世纪末英、美两国文学话语在形态上的差异，我们可以清楚地看到当时社会经济现实的印记。

英国当时比较显著的文学话语是批判现实主义和浪漫主义，而美国则是社会批判和浪漫主义并不浓厚的自然主义。这一点可以用弗洛姆的相关理论去解释。他认为，任何一个社会团体都具备一种"社会性格"，即"该团体中大多数人所共有的性格结构"[①]。个人的性格是在与现实的互动中产生的，社会性格也是如此。个体通过一定的经历、生活方式会生成其独特的个体性格，一个团体也会因为共同的经历、生活方式而产生其特有的社会性格。当然，社会性格并不排斥独特性。它仅仅包含了不同个人性格中的部分特性，是"一个团体的大多数人性格结构的基本核心"。也就是说，共有的生活方式和基本经验使得某种性格特征比较显著。同个体性格一样，社会性格也是多方面的。

英国当时城镇社会的总体情况（因为并不存在单一的社会现实）是：(1)已经完成了工业革命，经济发展的速度相对减缓；(2)作为一个保留着君主政体的国家，有着较强的等级观念，不同阶层之间的壁垒比较森严；(3)历史悠久，文化传统积淀比较深厚，思想保守；(4)人口众多，资源稀缺；(5)科学的发展、生活方式的改变使得人本主义开始深入人心；(6)马克思主义传

---

① 埃里希·弗洛姆：《逃避自由》，见《弗洛姆著作精选》，黄颂杰编，上海人民出版社，1989年，第 112 页。

播，工人运动此起彼伏。可见英国当时的社会矛盾是比较尖锐的，阶级矛盾、个体与传统之间的矛盾非常突出。在正面冲突比较剧烈的情况下，叛逆型性格策略和逃避型性格策略出现的机会较大，所以在当时的英国，批判现实主义（与叛逆性格、维护正义者的理想自我对应）、浪漫主义（与逃避性格、超凡脱俗者的自我形象对应）成为比较显著的文学话语就不足为怪了。

相比之下，美国白人主流社会的情形则大为不同，其总体情况是：(1)由于是全新的国家，不存在森严的等级制度，也没有深厚的传统；(2)处在工业化高潮期，个人发展的机会较多，不少人或因为勤奋劳动、或因为投机而获得物质上的成功，一夜暴富和一夜破产的情况同样常见；(3)大社会小政府的社会制度使得个人发展的自由空间相对较大。在这样的现实中，缺乏意识形态的对立。无论穷人还是富人，大多数人的生存矛盾都更多地表现为个人能力与现实可能之间的矛盾。大部分人都处在接近于人的本能的成长型回环之中，成为拜物教和实用主义的维护者，把努力发财致富的行动作为自己心理能量疏导的主要通道。在成长型回环中，性格策略的作用并不明显，因为所面对的矛盾用现有的话语就可以调和，也不会生成多少新的话语。例如，商品拜物教产生的腐败、尔虞我诈等副作用，用实用主义就可以调和。实用主义的核心是“有用的就是好的”，你不会贪、不会骗钱那是你自己没本事。即便是社会达尔文主义，也是一种中性的、普适的意识形态。可以说，当时的美国是一个没有社会性格的本能的社会。与之对应的意识形态相当强势。所以，当时的美国并没有显著的文学话语出现，只在社会边缘有一些相当弥散、个性的话语存在。比较突出的自然主义其实是一个非常松散的集团。这从上面对杰克·伦敦和德莱塞的分析中就可以看出①。

---

① 当然，上述宏观现实及其中包含的矛盾对于我们研究一个地区、一个族裔的文学话语则没有多少帮助。例如，对于19世纪下半叶非洲裔美国人的文学话语中个体或集团与制度之间的关系而言，因为制度上的种族歧视是他们面对的重要生存矛盾之一，他们的文学话语的形态则应当与同时期英国常见文学话语形态更为相似，而与美国优势的文学话语形态有着较大的差异。

上述例子说明，社会经济现实对文本形态、内容确有深刻的影响。但是如果因此得出结论，认为社会经济现实对文本具有决定作用，有什么样的现实就生产什么样的话语，那就大错特错了。通过影响社会性格，特定环境只能决定某种意识形态出现的概率相对较大、比较显见而上升为优势话语，并不排斥其他形态的话语出现。因为宏观现实只是文学话语建构的关系项之一，它对于文学话语的影响，必须受到其他关系项的调节。文学话语真正包含的只是作者独特的个人体验和应对矛盾的策略等，从中我们只能看到折射的现实。即便作者所处的社会或文化中，出现了一些十分深刻的历史变革，它们也可能与作者建构的文学话语毫无关系。亨利·詹姆斯的作品就很能说明问题。美国当时的工业革命、垄断集中、社会矛盾加剧、腐败盛行、道德水准降低、生存竞争激烈、种族对立等社会现实，根本就没有进入詹姆斯的视野。同样，他移居英国以后，当地的许多重大社会矛盾也与他的作品毫不相干。因为作者富足、闲适的生活使得他足以游离于这些矛盾冲突之外。他所面临的矛盾是如何在人与人的关系中维持、实现自我，与那些重大的社会事件、社会矛盾没有什么直接的关系。

因此，如果要研究特定作家、特定文本所包含的文学话语，泛泛地研究这些现实是几乎没有意义的。弄清一定社会、地区的宏观现实，一定群体的社会性格结构，对于宏观的文学批评颇有助益，如文学史的研究、不同国别文学话语之间的比较研究等，而对于研究一个特定文本的文学话语的形态意义未必显著。对于现代派作品言必称“荒原”、后现代作品言必称“异化”，这种因为一个文本出现在某一时代、国度就武断地认为它反映了该时代、该国度的社会现实是缺乏理论依据的，必须找出宏观现实对个体发生作用的通道。

弗洛姆在其早期论文《分析社会心理学的方法和作用》中曾经论及这一问题，认为“家庭是一个关键的中介。通过它，经济状况对个体的心理施加影响”。他相信通过研究“经济条件对里比多骚动的影响”，就可以解释“经济状况如何通过人的欲望转换成意识形态"[1]。他的逻辑是，家庭是最小的社会经济单位，通过研究社会经济状况是如何通过家庭影响人的性格构成的，我们就能发现它对意识形态的影响。遗憾的是，此后他对这方面并没有深入的研究。

笔者认为，关键的通道是话语或意识形态。除了作者亲身经历的现实之外，宏观的社会经济现实并不与个体直接发生关系，它们的影响是通过话语或意识形态传导的。我们生活在一个话语的世界里。从我们出生的那天起，就开始接触各种各样的话语。在利益的驱动下，各种各样的话语争取着我们的认同。等到成年之后，我们的意识里已经不知内化了多少种话语，有些是我们认同的，有些是排斥的。

每一种话语既包含现实中的真实关系，同时也包含各种各样需要和策略驱动下的想象关系。它们既包含生产力、生产关系的因素，也包含文化和人的因素。在作者与这些话语的互动过程中，宏观现实的作用力和规定作用就会间接地传导到作者建构的文学话语中去。

正如前面已经提到的，德莱塞《嘉莉妹妹》中所包含的文学话语，就是在与社会达尔文主义的互动中生成的。同时，前面还分析过，美国当时（就中下阶层而言）是一个没有显著社会性格而只有人类本能的社会。应当说，社会达尔文主义所宣扬的"丛林法则"从一个侧面比较客观地描述了当时的社会现实，因而为人们所普遍接受。通过它，德莱塞认识到了自己生存的部分真实状况，只不过在他的需求、矛盾、处境、性格策略等的参与下，对它进行了嫁接和取舍，选取了其中符合他需求的生物决定论，又辅之以调和其副作用的机缘说和不可知论。

绝大多数作者在进行文学创作的时候，既希望通过话语建构自我，也希望作品能够发表，获得尽可能多的认同，从而实现自我的价值。所以，文学话语和私下发牢骚不同，作者常常不得不考虑公众对自己话语的接受程度。

---

① 埃里希·弗洛姆：《分析社会心理学的方法和作用》，见《弗洛姆著作精选》，黄颂杰主编，上海人民出版社，1989 年，第 41 页。

读者作为局外人，没有机会去体会，但作者身处在那样的话语现实中，是很清楚周围人对相关事物所持的观点和态度的。作者在建构话语的时候，无形中会受到这些观点的制约。就如同我们在和长辈说话时会自然而然地使用较为谦恭的言辞一样，这种情形基本上是在下意识的情况下发生的，并非作者刻意妥协的结果。如果作者的话语与环境中的话语存在正面的冲突，往往需要生成新的结构来调和两者的关系，从而使话语的形态发生或多或少的改变。虽然这些关系是隐蔽的，但通过互文性阅读，我们往往可以把它们揭示出来。

例如，同样是社会批评的话语，在 19 世纪末的英国，作家就可以理直气壮地表达出来，原因是由于当时马克思主义的传播、工人运动的发展、社会批判已经让社会批评成为一种广泛流通的意识形态。但是在美国，由于个人发展空间相对较大，社会阶层的藩篱并不难以逾越，就算作者具有叛逆性格，这种话语也需要柔化。否则，经不起现实的考验不说，也容易引发周围人、公众的抗拒和嘲笑。例如，以德莱塞写《嘉莉妹妹》时的现实和话语处境，他就很难将自己的失败归结为制度、社会的不公。因为他哥哥和他同样出身，同处在一个制度、社会下，却取得了相当的成功。同时，他身边还有很多个这样的例子。如果他在小说中痛陈制度、社会的不公（事实上的确存在不公平现象，如垄断组织对小生产者的倾轧等），就算他能借此自我欺骗，也会成为别人的笑柄，嘲笑他的无能和自欺。

除了掌握了话语权力的“文雅传统”派，当时美国文学中包含社会批评的话语都是十分柔和的。例如，马克·吐温在《哈克贝利·芬历险记》（*The Advanture of Huckleberry Finn*，1885）中揭露了当时社会尔虞我诈等丑恶现象，但他却采用了讽刺的方式，而讽刺、寓言等手法通常是作家在面对高压、强势话语的时候才会采用的。同样的，作为美国现实主义“旗手”的威廉·豪威尔斯，他的社会批判也没有英国批判现实主义的气势和力度。在《塞拉斯·拉勒姆的发迹》（*The Rise of Silas Lapham*，1885）中，他也仅仅塑造了一个良心发现的资本家，委婉地规劝人们要凭良心做人而已。因为在当时的美国,"笑贫不笑娼"的意识形态是很有市场的,那些自私自利的行径常常被看作"本事"而不是罪恶。无论马克·吐温还是豪威尔斯,他们在当时社会大众不择手段、追逐名利的汹涌潮流和实用主义的强势话语面前,都显得欲呼乏力。协调的结果,就是他们批评的力度大打折扣。不是高歌颂扬人类的美德,而只是提醒人们要有良心。

从上面的分析可以得出结论:作者与现实中其他话语,尤其是强势或显著话语的互动,是作者与宏观社会经济现实互动的重要方面,应当是我们考察文学话语时重点研究的对象。互动的方式是多种多样的,如分析中提到的嫁接、取舍、对立、协商等,并非是简单的决定、同构或对立关系。必须通过话语分析确定它们之间互动的具体形式。这些互动在作者头脑里常常是以下意识的方式进行的,在文本中并没有直接的表现。批评者只有利用互文性阅读方法,通过比较类似情境下同一性质话语的差异,才能使这些关系显现。

最后,必须强调的是,作者与现实中话语的互动关系再重要,也不是唯一、绝对的,必须与文学话语系统中的所有要素综合起来考虑,才能避免形而上学。

五、作者意识形态系统与文本形态

前面已经论证过,意识形态是一个器官性质的系统,是人类用来替代本能调和与现实之间的矛盾的。它在自我塑造的系统回环中生成,与需求体系存在着对应关系。一个人接受什么样的价值观念,就会产生相应的需求。作为文学话语系统中的一个关系项系统,对于文学话语的形态和内容有着重要的制约作用。在分析作者意识形态系统与文学话语间关系之前,我们有必要进一步研究一下意识形态系统的相关特性和关系。

首先是价值观念(意识形态的构成要素)作为一个器官的特性。一个人在成长过程会遭遇、接受、排斥、生成很多种价值观念。有些只是暂时为我们所接受，有些则通过反馈回环的不断强化，成为一个个稳定的器官性质的存在。这些价值观念有主次之分，其中一些高度组织的(也就是我们通常所说的信念)具有很强的独立性。笔者将它们定义为“价值信念”(Value)。它们如同本能一样，在一定程度上是我们的意志所无法左右、无法抗拒的。这一类价值观念尤其需要关注。

价值信念的特性在于，遇到具体选择、具体问题时，人们通常会自动地按照它们行事，并借以肯定自我。而要违背它们行事却会令人们痛苦，需要花费很大的力气。例如信奉诚信观念者，即使知道掺假可以多赚钱，往往也会很自然地不去那么做，而且会因为没有掺假而自豪，心安理得。相反，如果由于别人多数掺假，自己在竞争中濒临破产(正反馈)，考虑是不是也要掺假的时候，他却需要花很大力气才能做出抉择。如果这种信念的强度很大，或者环境对他有制约，他很可能想尽其他办法也要坚持。如果虽然强度很大，但环境对他的制约很弱(多数人都在掺假)，那么他可能会选择掺假。但是，他必然会生成一种新的观念来调和因此产生的矛盾。一个可能的情况是，他会宽慰自己说，自己赚钱是要做善事的，生成一个与“诚信”兼容的“慈善者”的形象。将来赚了钱，他可能真的捐出一部分来，这样也就维护了一个完整、理想的自我。举这样的例子，只是想强调价值信念的力量是很强大的。因童年心灵创伤而形成的信念更是如此。例如，如果一个人因为某种原因从小就遭人鄙视，那么他就可能会形成“人善被人欺”这样的价值信念，代偿性地生成要做“强者”的人生目标。这些信念一旦形成，基本上会伴随人一生。因为际遇的改变，人们会在一定程度上偏离这些价值信念，但除非处境有翻天覆地的变化，否则它们不会完全消失，通常会以与其他话语组合在一起的形式继续存在。不过这种组合并非是任意的，它们强烈的极性会排斥与它们不相兼容的话语。如在前面的例子中，与“诚信”信念发生的矛盾，就很难用“人不为己，天诛地灭”这样的话语来调和，而与“慈善”兼容的可能性就大一些。了解这一点极为重要，因为这意味它是具有很强规定性的。虽然它无法决定作者会生成什么样的话语，但可以在很大程度上决定作者不生成什么样的话语。

围绕价值信念的另一个重要关系，即它（们）是人们绝大多数痛苦的直接原因。前文一再强调个人需求和现实之间的矛盾是一个人痛苦的原因，也是作家生成话语的根本动力。但是，由于人们非本能的次生需求（自我实现的需求）都是在意识形态的塑造下生成的，意识形态塑造了人们自我实现的方向，所以这一矛盾可以等同于价值信念和现实之间的矛盾。

遇到矛盾，人类的本能是找各种各样的客观原因。殊不知，我们最大的敌人就是我们的信念。因为现实中的一切事物都是中性的，只是相对于特定的价值信念（也就是特定人的需求），它们才具有了好与坏、利与不利等价值内涵。同样是无法取得物质上的成功，对于坚定地持金钱价值观的人来说，就是灾难，德莱塞就是例子；而对于追求精神价值的人来说，则不构成太大的问题（当然他会因为追求精神价值不得而与现实发生矛盾）。一个追求高尚道德信念的人，会因为偶然做了件错事而负罪一辈子；而同样的事情对于自我实现的方向在其他方面的人，则可能只构成暂时的问题，甚至于不成为问题。如果海明威不是坚守"做个无畏无惧的坚强男子汉"这一价值信念，他的生存矛盾与痛苦会缓和得多。总之，只有了解了作者的人生信念，批评者才能真正抓住作者面对的矛盾，才能抓住解析文学话语的钥匙。

必须强调的是，文学话语是调和价值信念和现实之间矛盾的产物，它必然不同于作者的价值信念。两者之间无论如何也不能画等号。如在上面的例子中，"诚信"是价值信念，而"我赚钱是为了做善事"就相当于文学话语，是在信念的参与下衍生出来的。在海明威身上，"做个无畏无惧的坚强男子汉"是价值信念，而"难逃悲剧命运的坚强男子汉"则是文学话语。

由于这种非线性关系的存在，所以确定作者的价值信念并不是一件容易的事，它们常常是隐遁于话语之中。并且，由于它们早已"自动化"了，人们习惯于把它们当作"不言而喻"的真理看待，所以很少进入意识层面，批评者很难从作家的言论中看到它们的踪影。即便如此，我们也没有理由简而化之，把一个阶级、文化中比较显著的价值观等同于作者的价值信念，虽然两者可能是一致的或相似的，必须通过切实的分析、研究、推导使之显现。可能的途径有以下三条：

一是通过研究作者的传记等材料，在一定程度上追溯作者意识形态生成的过程，并与文本进行互文性阅读，加以推导。家庭是一个人接触、生成意识形态的重要媒介。父母的意识形态与现实之间的互动以及个人在此过程中的体验，是塑造一个人意识形态的重要力量。例如，德莱塞家庭中就存在两种话语的争夺：一种是他父亲从德国带来的天主教价值观；一种是他母亲的实用主义。父亲坚持让他去天主教学校上学，接受“善有善报、恶有恶报”的道德教育。但是“德莱塞所看到的及所经历的生活与他所接受的道德教育实在相距太远了。他深爱的善良、耐心的母亲默默无闻地尽自己一切努力使整个家庭把日子过下去。当她的尚未被玷污的女儿交给她一位当地律师给的十块钱时，她就拿了去买食品，没有说一句话谴责女儿即将失去‘贞操’”。而他并不喜欢的父亲，却总是“气势汹汹地咒骂女儿品行不端，并且警告她们：自作孽，不可活”①。实用主义来自他喜欢的母亲，正统道德观来自他不喜欢的父亲，而且处在当时美国的现实中，他也体会不到道德会给人带来什么好处。所以，在德莱塞的成长过程中，就形成了道德无用论和实用主义的价值信念。这些信念应当很强，所以在《嘉莉妹妹》中，我们看不到一丝道德的身影。这意味根植于实用主义的道德无用论，是小说中话语产生的一个重要边界，否则，作者在小说中就需要调和生物决定论和道德观念之间的矛盾。后来，因为《嘉莉妹妹》被指责“不道德”，德莱塞便选择在《珍妮姑娘》中用道德无用论来捍卫自己。他说：“所谓道德，就是对别人有好意和替别人做好事的意思。道德就是愿意替别人做事那种慷慨的精神，而惟其如此，所以它是被社会看得差不多一钱不值的。你要是拿自己去贱卖，你就会被人家轻易利用，被人家踩在脚底。”②这只是真实观念的流露，而不是生成出来的全新话语。

---

① 《德莱塞评论集》，龙文佩等编，上海译文出版社，1984 年，第 84 页。

② 西奥多·德莱塞：《珍妮姑娘》，傅东华译，上海译文出版社，2001 年，第 56 页。

二是通过研究作者的传记并细读文本，确定作者赞美、羡慕、渴望的事物，或者他所厌恶、鄙视、否定的事物。通过它们一般可以推知作者的价值信念。例如，前面已经分析过，德莱塞是否定道德的。那么他推崇的是什么？细读他在《嘉莉妹妹》、《珍妮姑娘》中对嘉莉、珍妮对富裕生活的羡慕，还有无数有关钱的细节，不难推知他是充分认同金钱价值观的，甚至存在金钱情结。他对珍妮初入富人殿堂时的那番描写几乎可以听到啧啧声：

> 珍妮又默默工作起来，可是这个奇妙世界的魅力，已经对她的官感起了作用了。她对于周围的热闹和谈笑，实在不能不听它。大接待室的一区就是餐室，听那里盘碟琳琅，分明正在准备晚餐。另外一区就是接待室的本部，那里有人正在弹钢琴。晚餐以前所常有的那种悠闲舒适的气氛正弥漫在那个地方。这就在那天真的劳动女子心中触起了一种希望……她只想着周围的一切都很魅惑人，深愿自己也得占有其中的一份。[①]
>
> ……
>
> 珍妮津津有味地端详着那个房间。壁炉台上和妆台上陈列着那么多的玩艺儿和好物件，都是她生平从来没有见过的。议员先生的安乐椅，旁边放着的绿罩灯，华丽的厚地毯，地板上的美丽毡条——这是多么的舒服、多么的豪华啊！[②]

在《自述》中，德莱塞也清楚地表达了这样的观点："多少回，我透过窗户，张望着一些兴隆的商号，但愿自己也能成为这样的老板或者账房，能跟官员或者经理们平起平坐！当个董事长或者副董事长什么的！管个大企业什么的！天啊，这有多美！"[③]正是金钱价值观与作者奋斗多年一无所获这一现实之间的矛盾，促成了《嘉莉妹妹》中的文学话语。作者主要是解决为什

---

① 西奥多·德莱塞：《珍妮姑娘》，傅东华译，上海译文出版社，2001年，第5页。

② 同上，第8页。

③ 菲力浦·基尔勃：《"欲望"三部曲：〈金融家〉、〈巨人〉、〈斯多噶〉》，见《德莱塞评论集》，龙文佩等编，上海译文出版社，1984年，第349页。

么自己就是无法取得物质上的成功这一困惑。如果作者虽有金钱价值观但没有上升到人生信念的高度，攻击金钱价值观的丑陋转而追求精神价值，原本可以成为调和这一矛盾的备选策略。例如，陶渊明原本也想仕途有所发展，但历经挫折之后就选择“不为五斗米折腰”、“悠然见南山”去了。正由于它是德莱塞的价值信念，已经自动化了，潜意识地成为真理，并且受到其所处话语环境的强烈怂恿，德莱塞可能根本没有考虑过，眼前的困境和自己的价值观有关系；加上他的道德无用论，也没有考虑转而追求精神的可能。他笔下的人物永远是为了金钱和名誉执着地往上爬的人。

三是通过研究作者在现实生活中的奋斗方向进行推导。比起言论，人的行为更能体现一个人真实的价值取向。例如，马克·吐温就是金钱价值观的实践者。他早期创作文学作品、演讲都是为他从事采金、投机提供资金，后期都是为了还因投机失败而欠下的债务。揭示这一价值观在其作品中隐蔽的作用，应当是我们研究其文学话语的一个重要任务。

六、文本现实与文学话语

正如前面的分析所揭示的那样，文学话语是一些关系项和非线性关系的集合，具备一个动态的形态或者结构。这种形态会在创作过程中以隐喻的方式（相似性）投射到具象的人物、事件、言论当中去，构成一种经过想象性关系调节的歪曲的虚拟现实。即便作者在文本中记述的是真人真事，他也远非在客观地进行描述。不切合他当时心理需求、撞击他情感神经的人与事，是不可能进入作者的视野的。

作者自我建构过程中的动态关系与具体题材的结合过程，可以是有意识的，也可以是无意识的。很多情况下，作者在现实生活中通过思索、实验、潜意识的加工，已经形成了一种话语结构或者意识形态。然后，他们会有目的地去寻找可以承载这种话语的理想的题材。例如，霍桑常常在自己作品的序中消解文本现实与他建构的文学话语之间的直接联系。对于霍桑来说，文本中的人物、情境都只是工具、思想的外壳，是可以在“月光、炉火下产生的幻境”中消解的。如他在《福谷传奇》序言中说，选择布鲁克农场为背景，并非意在探求它的得与失，“只是想建起一个远离交通要道的舞台，得以演出他（作者）头脑中那些人物的古怪离奇的行径，而不致使他们暴露得近在咫尺，与真实生活的实际情况形成反差”①。

在另一些情况下，作者并不了解自己潜意识的需要和切合自己需要的想象性关系，只是生活中发生的一些事件让他们深有感触，于是把它们记录下来，全然不了解是什么样的无形之手触动了自己情感的神经。舍伍德·安德森的《林中之死》（“Death in the Woods”，1933）就是这样一个例子。“我”在年幼时目睹了一位老人在雪地里冻死的场景，幼小的心灵经历了一场震撼，但是并不了解其中的奥妙。长大之后，虽然这场景背后的因素逐一显现、清晰起来，但“我”仍不能透彻地了解其中的所有涵义，只是选择把它记录下来。

这一结合的过程十分复杂，同时还会受到目标读者、批评家的好恶以及文学作为一种独特的艺术在形式上的制约等。这些还有待于在以后的研究中继续探索。

七、文学话语的动态过程性与组织

最后需要强调的是，任何一个特定的文学话语都是动态过程性的。就是说，它只能是作者在特定情境下、针对特定的矛盾、采用特定应对策略的结果。一旦原有的条件中的任何一个，尤其是处境，发生了改变（通常是环境给予正反馈造成的），应对新的情况，作者就会采取不同的话语策略生成新的文学话语。这种情况在那些现实处境或者性格相对较为脆弱的作者身上，尤其明显。因为他们往往缺乏坚实而自信的自我，没有形成稳定的理想

① 纳撒尼尔·霍桑：《霍桑小说全集》，胡允桓译，安徽文艺出版社，2000年，第2卷，第225页。

自我形象，所以他们的话语策略及相应的文学话语容易随处境的变化而摇摆。

德莱塞就是这样一个样板。通过他的一系列的作品，我们可以清晰地看到文学话语的即时、动态的特征。前文提到，创作《嘉莉妹妹》时他的处境比较艰难，在以金钱论英雄的价值观中找不到自我，发生了严重的自我认同危机。在与社会达尔文主义的碰撞中，他发现了调和这一矛盾的话语策略。那就是，用其中的生物决定论来取消个人奋斗的价值，从而在极低的水平上维持了一个完整的自我——一个受盲目力量摆布的可怜虫。当然，他没有意料到的是，这个他采用顺从策略与命运妥协而建构出来的可怜的自我形象，却遭遇现实的正反馈——遭到"文雅传统"维护者的强力反弹。他的作品被指"不道德"，出版商只是按合同出版而没有发行这部小说，令原本希望在文学上有所建树的德莱塞受到双重打击。他先是进了精神病疗养院，后来转行做了编辑。

《珍妮姑娘》所传递的文学话语与《嘉莉妹妹》之间在很大程度上存在断裂，突出地表现在自我形象的改变中。《嘉莉妹妹》中一个受盲目力量摆布的可怜虫形象，演变成了《珍妮姑娘》中被命运和偏见所损害、为了他人无私奉献的圣女形象。这首先因为作者面对的生存矛盾和自我实现的需求发生了重大的改变。创作《珍妮姑娘》之时，德莱塞的处境已大为改观，是个小有名气的编辑，一年有一万多美元的收入，却因为与办公室女同事的婚外恋丑闻而不得不辞职。他面对的矛盾已经从《嘉莉妹妹》中的金钱价值观和真实自我之间的矛盾，转化为"文雅传统"、社会道德规范和自己的"道德无用论"和越界行为之间的矛盾。德莱塞在作品中关注得更多的是自己婚外恋引发的道德问题，而非命运问题；试图建构的是一种在道德上可以同时为社会和自己接受的"理想自我"。

这种断裂同时也表现在话语形态、策略方面。在《嘉莉妹妹》中，读者看到的是一个受盲目力量控制、没有自由意志的自然主义世界；在《珍妮姑娘》中，读者看到的却是一个处处充满社会规范和自主奉献精神的世界。同时，由于自我比以前坚实、强大，德莱塞在部分地方采用了叛逆型的话语策略，“公然”表达他的道德无用论的思想。这一点前面已经论及。

另一方面，《珍妮姑娘》的话语与《嘉莉妹妹》之间又存在一定的连续性——表现为德莱塞依然采用以顺从为倾向的主导策略，并迂回地坚守着道德无用论和实用主义。采用顺从策略一方面与德莱塞的性格倾向有关，另一方面也同他在道德问题上的不利处境相联系。顺从型性格策略的人遇到矛盾，倾向于妥协，其攻击性的倾向受到严重的抑制。为此，他们更愿意强调自身善良、同情、慷慨、无私、谦卑等高贵品质，以“乐于为他人牺牲的人间天使”为自己的理想形象，即使为别人所曲解也“毫无怨言”。这正是我们在《珍妮姑娘》中看到的：“她（珍妮）始终相信人生自有公道……以她的思想方式，人们并不是存心要残酷的。模糊的同情思想和神圣的善意渗透了她的灵魂。”“除开善良——心肠的善良——之外，还有什么东西值得重视呢？还有什么别的东西是真实的呢？”①

由于以顺从策略为主导，所以虽然德莱塞偶尔叛逆声称道德无用，但是他却在作品中小心翼翼地维护着世俗的道德规范。和嘉莉一样，珍妮也有两次“堕落”。但和嘉莉的毫无道德观念、无所顾忌不同，珍妮自始至终充满着道德上的考量。德莱塞给她的每次“堕落”都设计了正当的理由——为了别人而牺牲自己的名誉：第一次是为救哥哥出狱，第二次则为挽救父亲的生命和处于困境的家庭。并且，与嘉莉没有爱的同居关系不同，珍妮两次委身于人都是出于爱，也为了爱。

这样，虽然她的举动有违“文雅传统”眼中的社会风尚，却被戴上了五彩的光环：“因为有了这种局势，才证明了她的勇气，证明了她同情的宽大，以及她愿意为正当的理由牺牲自己的精神。至于她因这事而把更大更复杂的负担加在自己身上，那是由于她的自卫的意识敌不过她的感情之故。”②

但是，德莱塞毕竟是主张道德无用的。无论这种顺从的策略是习惯使

① 西奥多·德莱塞：《珍妮姑娘》，傅东华译，上海译文出版社，2001年，第275页。

② 同上，第94页。

然，还是为环境所胁迫，它都对真实自我构成了压抑。对此，他选择用实用主义理性来调和两者之间的矛盾。现实使他懂得了“社会上的舆论、非议和批判，冥冥之中已经造成了种种界限，不得因其无形质而认为它们是不真实的”①；并且“自己个人的欲愿和意见在公众的信念面前是一文不值的。种族的精神、社会的好尚、乃至德国人所谓‘时代精神’的那种东西……他（雷斯特）绝不能对它抗拒。绝不能存心去蔑视它的命令。他那个时代的人，相信社会有特种组织的必要，除非他肯依顺这种组织，他就很容易成为被社会唾弃的人”②。所以，从实用主义出发，为了避免遭人唾弃，德莱塞还是选择了重视、尊重社会规范的力量。

尽管做了如此多的妥协，《珍妮姑娘》并没有赢得多少肯定，还给德莱塞惹上了好几桩官司。现实再次给予他的话语以不利的正反馈，这使得他作品中的文学话语再次发生了转向。他的《巨人》、《金融家》在很大程度上是从顺从型话语衍生出来的代偿型话语。与德莱塞的自卑、隐忍、妥协恰恰相反，柯帕乌拥有超强的自信和永不妥协的意志。那些在德莱塞看来必须遵从的社会规则，在他眼中却如尘土。正如菲力浦·基尔勃指出的，在三部曲中，“德莱塞驰骋其幻想，和金融大王柯帕乌一起进入金融与爱情的梦的世界，而这些境界恰恰是陷身现实生活泥潭的德莱塞所从没有经历过的”③。也正因如此，这样的人与事才对德莱塞具有异乎寻常的审美效果。通过建构这样一个类似于“超人”的形象，德莱塞在幻想中寻求对积郁的释放。

但幻想毕竟是幻想，只能是德莱塞所羡慕的形象，而不可能是理想的自我形象。重又成为著名的编辑、在文学领域也开始成为人们推崇和捍卫的文化符号之后，德莱塞的文学话语因为环境给予的有利反馈（负反馈）而再次发生变化。多次的官司和麻烦，使得德莱塞在左派心目中成为反传统的

---

① 西奥多·德莱塞：《珍妮姑娘》，傅东华译，上海译文出版社，2001年，第140页。

② 同上，第322页。

③ 菲力浦·基尔勃：《“欲望”三部曲：〈金融家〉、〈巨人〉、〈斯多噶〉》，见《德莱塞评论集》，龙文佩等编，上海译文出版社，1984年，第349页。

英雄。许多批评家、作家，如 H·L·门肯、辛克莱·刘易斯等纷纷出来捍卫他。由于处境上的这一变化，德莱塞心目中的自我形象开始演变。在自传性很强的《天才》中，德莱塞找不到自我，为婚姻所困等生存矛盾依然存在。但面对同样的问题，他一改往日作品中的顺从策略，转而以自恋为主导策略，将自己描绘成一个具有非凡天分、敏锐观察力、风度翩翩、招女人喜爱的艺术家。小说里充斥着许多对尤金廉价且不合逻辑的描写——他如何如何自我感觉良好、受人爱戴羡慕，甚至他的迷惘都是镀上了金边的。例如：

米莉安·芬汽奇立刻就很喜欢尤金。她禁不住注意到，他有着一种强健、探索、鉴赏和理解的神气。他似乎多少有点儿像一盏明灯，射出柔和的、含蓄的、软绵绵的光彩。[①]

……

对于尤金这种性格的人，一个富有理解力与艺术气息、冷静沉着、自我克制的人，总是异常有魅力和讨人欢喜的。他转向有才能的人就和一朵花转向阳光那样自然，他专喜欢考虑这样一个人的才能是多么完备。他觉得一个人自己有主见，似乎是一件绝妙的事。能够明确地、有系统地表达一下你的思想，并且得出肯定满意的结论，这真是一件美满而了不起的事。碰到这种人，尤金总是很羡慕地欣赏着，直到他的渴望满足了为止……[②]

……

“……(尤金的画)用生活的杂乱来揭发生活，用生活的卑鄙冷酷来预先指责生活，以便生活或可自行改善，这种才能；审美的才能——就连在耻辱、悲伤和堕落中都看得出美来；这个人的作品就是这样。显然，他是来自乡野、富有生气、可以做一件伟大工作的。这里没有畏怯、没有向传统低头、也不承认任何公认的方法。很可

① 西奥多·德莱塞：《“天才”》，主万等译，上海译文出版社，1994 年，第 158 页。
② 同上，第 157 页。

能，他并不知道公认的方法是什么。这更好。我们有了一种新方法。这使世界更加丰富些。”……当尤金看到这篇评论的时候，泪水涌出了他的眼眶。他想到说他是一种崇高的、超人的目的的媒介，就兴奋得透不过气来……让那些朝生暮死、销路有限的杂志去它们的吧。他要为全世界创作去了。①

只能说，德莱塞实在不是一个善于伪装的人。他并不了解，只有自卑、找不到自我的人，才会为他人的才干和主见所吸引，才会对别人的一点赞许那么在意、那么感激涕零。在他竭尽全力描绘一个理想完美自我的同时，也将自己的真实自我暴露无遗。读者只要留意德莱塞对什么啧啧称道，就能看出这个东西要么是他所拥有不多的优点之一，要么是他缺乏和向往的，属于后者的情况可能更多一些。例如：

尤金走了出去。从没见过这样的人，这么刻薄、这么冷酷，这么注重实际……办事的人，站在最前列的人，就是像这个人这样的战士，是土生土长的产物，无情的、傲慢的、冷淡的。要是他也能够那样，那就好办啦，他想着。要是他能够坚强、轩昂、发号施令，那可多么了不起。不畏缩，不胆怯，坚定地站着，正眼望着世界，使人们服从。哦，眼前的幻象多么瑰丽、多么伟大啊。②

如果说在当时美国众多左派批评家眼中，尤金的成功是一种堕落，是为了美元出卖艺术家的天赋和灵魂，那么只怕德莱塞是希望越“堕落”越好，因为那些成功是他毕生企盼和梦想的。此时，虽然德莱塞在事业上也取得了一定的成功，但这些成功对于德莱塞来说，来得太晚了，已经不足以给他的意识形态和性格带来多大改变。他的真实自我依然是善良、敏感、懦弱、悲观、缺乏自信和完整感、有些迂腐的那一类型，他的自卑、自怜和自怨依然存在。所以，我们看到在《美国悲剧》中的克莱德与德莱塞其他作品的主人公

---

① 西奥多·德莱塞：《珍妮姑娘》，傅东华译，上海译文出版社，2001年，第275～276页。
② 同上，第482页。

并无多大区别，一样是来自社会底层，为了物质和名誉有些不择手段向上攀爬、存在道德瑕疵的人。克莱德为了除掉自己往上爬的绊脚石，企图谋杀自己恋人洛蓓达，这与嘉莉、珍妮、尤金在道德上的越界并无二致。但在新的处境下，德莱塞原本受到压抑的攻击性终于得到一次温柔的释放。或许正如他在《天才》中所说："他由于最近经历过的贫困，镇静地忍受着这一切，可是他终于决定也要对抗一下了。他想他不再是，至少也不打算再做一个先前那样的迟缓、懦弱、空想的威特拉了。他要站起来，他果真就这么办了。"①

在《美国悲剧》中，德莱塞第一次站起来，把矛头指向了社会和上流社会的既得利益者，而不是盲目的力量，将克莱德塑造成了一个被社会损害了的英俊、善良、热爱生活的青年形象。联系德莱塞出版早期作品遭受的所有攻击和不公正待遇，为此遭受的精神崩溃和种种磨难，我们没有理由不认为克莱德就是德莱塞，而《美国悲剧》则是作者在顺从了多年之后对压制他的力量所做的一次温和的回击。

至此，我们大体上追寻了德莱塞小说的动态演化过程。通过这样一个样板，笔者只是想说明，任何文学话语都是动态过程性的，随现实、处境、真实自我、意识形态等关系项的变化而演化。从德莱塞的例子中可以看出，这些演化有些是很剧烈的，有的则属于微调。无论怎样，新旧话语之间都存在着既连续又断裂的关系，绝对的连续或完全的断裂，理论上说是不存在的。

从反馈回环的理论我们可以推知，随着年龄的增长，同一作者建构的文学话语虽然都是动态过程，但总体上是有规律可循的，一般总是朝着更高层次的组织方向发展。年轻的时候建构出来的文学话语往往有较多的混乱和迷惘，多开放性结局和意识的碎片。而随着年龄的增长，意识形态、性格等的组织的有序程度越来越高，文学话语也逐步朝着有序的方向发展。

有序，意味着作者的自我更为坚实，面对生存矛盾的时候会少一些焦虑和彷徨，多一些从容和自信。然而，如果说文学作为一门艺术，它的灵魂在

① 西奥多·德莱塞：《珍妮姑娘》，傅东华译，上海译文出版社，2001年，第497页。

于创新，那么过分的有序却是文学创作的大敌。一旦作者成功地固守某一意识形态或者话语中心，不断地在成长型回环中构造自我，他所谓的创造力就会逐步消退。他就不再是话语的创造者，而是话语的奴隶，总是不断重复某种已经僵化了的话语。这一点在海明威、T·S·艾略特等人身上都有所表现。由于成名之后一帆风顺，成为国民心目中的偶像，海明威得以牢牢地固守自恋这一中心。他中后期的作品实际上不断地重复着同一主题，只是靠着转换题材来吸引读者的注意力，但最终还是酿成了《过河入林》这一事业上的滑铁卢，反倒是众多的批评声造就了他在《老人与海》中的辉煌。T·S·艾略特从《荒原》开始就逐步认同宗教话语，直到皈依宗教，传播宗教话语。或许他生活得越来越平和、快乐了，但是他作为伟大诗人的名声还是建立在他早期作品上面的。甚至德莱塞也是这样。德莱塞早期的坎坷人生激发了他笨拙而激昂的创造力。30 年代“大萧条”给他带来的顺境——成为“左派”话语的一面旗帜，反倒酿就了他的沉默。

一位作家后期创作的停滞与随着年龄增长才思趋钝固然有关，但是与自我有序与否的联系更为密切。尤金·奥尼尔一生都没有找到自我。追寻自我的力量使得他直到晚年依然有着奔涌的创造力，创作出了像《进入漫漫长夜的旅程》(*Long Day's Journey into Night*，1956)这样的杰作。只要生的痛苦难以磨灭，追寻自我的脚步无法停歇，作家笔下的激情和灵感就不会枯竭。这就是文学话语，一株从人类灵魂深处的痛苦中汲取养分、结苞绽放的“恶之花”。

第五章
结束语

至此,本书已经大体上描绘了一种复杂性文学话语理论的图景。它源起于对于文学理论目前所面临困境的反思。在第一章中,通过分析,首先确认现有文学理论的症结主要在于方法论的落后和研究中的“实用主义欣快症”。两者使得后现代文学理论无一例外走入了悖论。针对这些症结,笔者认为文学理论要想走出困境应当做好两方面的研究工作:一是找到现有理论在方法论方面的缺陷,代之以全新的、更符合文学研究实际的认识论和方法论;二是以新的方法论为指导,切实研究文学话语发生、演化的规律。

在方法论阐释中,本书比较了原有文学理论采用的还原论思维模式和新兴的复杂性思维模式的差别,并总结了复杂性思维模式的精髓,即:(1)用普遍联系和系统观念取代封闭实体的观念;(2)用自组织、互动、涌现等观念消解决定论和形而上学的中心;(3)用非线性的动态过程代替静态确定的线性结构;(4)强调偶在性和必然性、共性与个性的互补。只有从这四个方面全面突破还原论的束缚,才有可能真正超越文论研究中的形而上学。

在探讨方法论的同时，本书还分析了文学批评领域内形而上学的诸多表现，以及解构与新历史主义走向悖论的原因，并且论证了在文学研究中采用复杂性思维模式的必要性。

自第三章起，本书以复杂性理论为指导，开始找寻文学话语作为一个系统的边界、动力、关系项及其互动的基本形态，借以建构文学话语的自组织系统动力发生模型。首先确定了文学话语作为一个系统有别于其他系统的特殊边界。认为文学话语是一种具象化了的意识形态，与意识形态和人类的自我认知存在诸多共性，而与客观性较强的科学知识有着质的差别。接下来着重探讨了文学话语的动力发生机制。通过比较现有的四种文学发生理论的得失，本书认为弗洛伊德的发生模型更具备复杂性思维的特征，也更符合文学话语的实际。它强调文学话语是作者为了超越现实对其需求的压抑，利用升华机制建构出来的一种想象性的关系。其中的关系如下图所示：

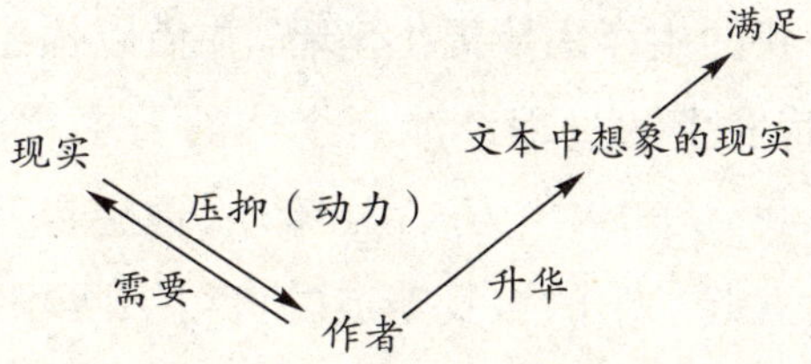

这一模型初步具备了动力、非线性、涌现等复杂性思维的特征，但是仍过于简化，存在诸多理论上的缺环。在弥补其中的缺环方面，弗洛姆的理论给我们很大启发。他认为凡人类形而上的认识都要受到性格系统的调节。作为人类动态适应现实过程中形成的一种替代本能的器官性质的存在，性格具有强烈的定向特性。因为它的存在，人们会潜意识地偏爱一些形态的话语而非理性地排斥其余。弗洛姆的这一发现进一步消解了弗洛伊德模型中残存的中心，并且初步揭示了想象性发生的机制。

在这里本书还引入了复杂性理论中的反馈回环(feedback loop)的概念。复杂性理论强调系统是半开放的，与外界存在互动交流。这种交流以回环形式出现。回环不停歇地把各种成分和事件衔接成一个整体。每一次回环都会产生一些成分和结果来加强这个整体的组织，并成为下一次循环的起点。这一观念的引入对于我们理解文学话语过程中的有序、无序、彻底抛弃静止和封闭的观点至关重要。弗洛姆的理论潜在地包含着这一观点,但是他的话语模型依然是不完备的。

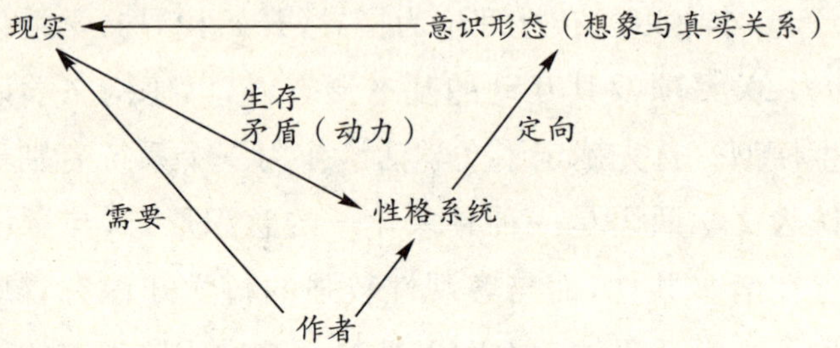

在第三章剩余的部分中,本书从探讨意识形态的发生机制入手,进一步分析了文学话语的系统构成,认为意识形态是调和人类生存矛盾、进行自我塑造的产物。人类建构、生成意识形态的目的在于调和自身生存需求与环境之间的矛盾,为自我的生存困境提供解释,并借以描绘自我、建构自我,获得想象性的满足。其发生的过程牵涉到个体的需求、个体在现实中的真实处境、个体的真实自我、认知想象力、性格策略、理想自我等。依据意识形态发生的机制,本书建立起如下的自我塑造的自组织回环系统:

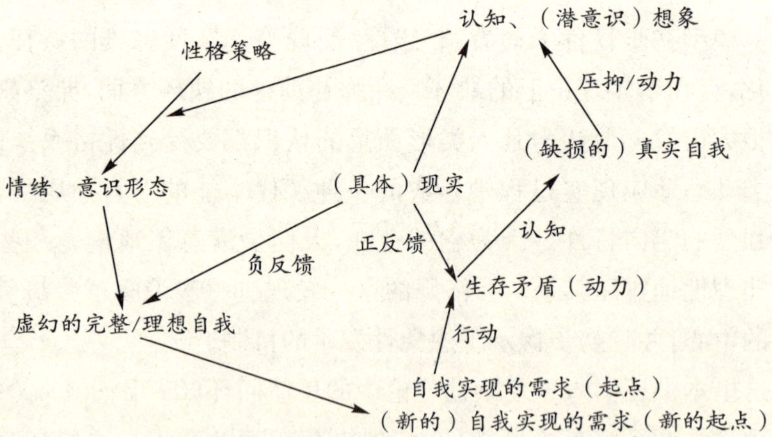

自我塑造回环过程中产生的情绪、意识形态、理想自我等通过隐喻、投射等关系与能够承载它们的题材、事件、人物等结合生成文本,而这其中的

所有关系项和关系就是文学话语的系统构成和基本形态。

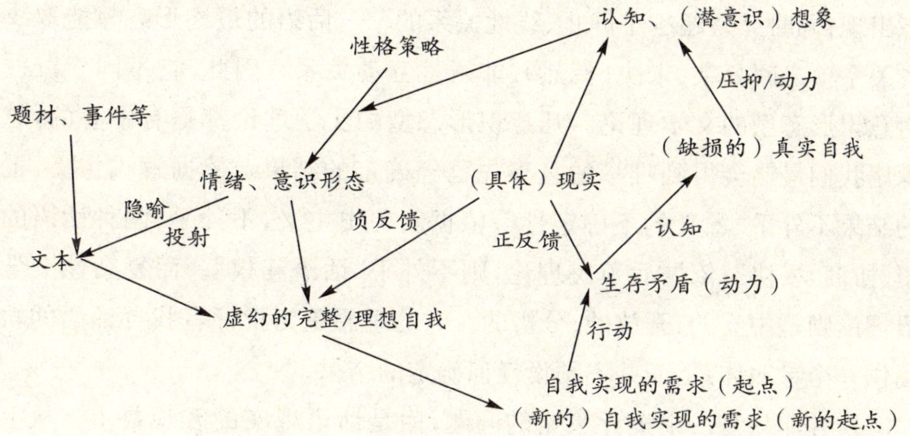

如图所示，文学话语并非一种明确思想或文字表达式，而是系统所有关系项和互动关系的集合。由于仅仅了解这些还远不足以支持有效的话语分析，因此在第四章中，本书进一步探讨了回环特性和诸关系项的对文本形态和内容的影响，包括性格策略、作者的理想自我、真实自我、处境、社会经济现实、话语现实、作者的意识形态与文学话语的互动关系等。

这些关系项在动态互动过程中，不断塑造着话语的边界，促使作者在建构话语时朝此方向而非彼方向发展。一个文学话语的最终形态，就是所有这些互动和过程的结果。

综上所述，本书主要进行了以下四方面的研究工作：(1)反思现有文论的得失，确认文论危机的主要症结在于方法论体系的落后；(2)在论证的基础上较为系统地将复杂性思维模式引入文学研究；(3)以新方法论为基础，尝试建立了文学话语的系统动力发生模型，确认了参与文学话语系统建构的主要关系项，以及它们之间互动的基本形态——自组织反馈回环；(4)探索了参与话语建构各关系项之间具体的互动关系和过程，以及它们与文本形态、内容之间的关系。通过这些研究，初步搭建起一种新型文学话语理论——“复杂性文学话语理论”的基本框架。

在理想状态下，这一理论能够较为全面地超越形而上学。因为它是没有中心的——任何一个关系项的存在都不能够决定话语最终以什么样的形态出现;同时又是超越了静止、线性关系的——话语的最终形态只能取决于各关系项之间复杂、未决(偶然)、非线性互动关系。因此,它不同于以往任何意识形态型的文学理论。凡意识形态型的文学理论都是有中心的,总是承诺我们最终会得到唯一的且事先已经确定的结果。依据解构主义,批评的结果不外乎"意义的不确定性";依据新历史主义,不外乎"两种话语的颠覆、协商、妥协";依据后殖民理论,则不外乎"话语霸权"。而复杂性文学话语理论则是中立的、开放的、分析的。它的理想是为批评者找寻话语的轨迹提供一个参照体系,而并不预设任何确定的结果。

这并非只是一个批评策略的问题,而是话语现实的客观要求。从上面的研究中我们已经看到,每一个话语的生成轨迹都是独特的,它不同于我们熟悉的任何一种意识形态。因而从任何意识形态出发去描述一种话语,都意味着歪曲。正如米歇尔·福柯在《知识考古学》中所描绘的那样,解读话语的唯一途径就是"尽可能准确地确定它(话语)的极限,建立它与其他可能与它发生关联的陈述的对应关系,指出什么是它排斥的陈述形式……为什么这个话语不可能成为另一个话语,它究竟在什么方面排斥其他话语,以及在其他话语之中同其他话语相比,它是怎样占据任何其他一种话语都无法占据的位置……它为什么不出现在别的地方?"①

这一话语分析的理想境界是福柯在《知识考古学》中希望实现而未能实现的②。复杂性文学话语理论在此方面也仅仅迈出了一小步,其中还存在不少空白和缺陷,有待于在未来的研究中加以探索、弥补,但是其未来是光明的。如果在理论上和实践中能够切实做到福柯所描绘的图景,那么我们就能够擦亮为意识形态所蒙蔽的双眼,将每一次批评实践都演变成一次探索未知的发现之旅。

---

① 米歇尔·福柯:《知识考古学》,谢强等译,三联书店,2003年,第28～29页。

② 因为缺乏方法论的自觉,尤其是缺乏动力发生的观点,福柯在《知识考古学》中用系谱学(typology)的方法建构话语分析理论的尝试并不成功。

附录 1

文学塑型中的消费话语：话语形态与个案分析

福柯和新历史主义批评唤起了人们对权力话语的觉醒，认识到权力话语对文学的塑型作用。事实上，在文学与消费者即读者之间，也存在类似的话语结构与话语流通，后者的兴趣、喜好乃至意识形态会直接或间接地影响作者的创作行为。在两者的对话中，文学无论在形式还是主题上都不可避免地留下了读者的印记。

这种作用力我们姑且称作为“消费话语”，其影响力从短篇小说的发展历程中可见一斑。在其发展的黄金期(19 世纪末到 20 世纪上半叶)，短篇小说是非常受欢迎的娱乐快餐，旺盛的消费需求令不少短篇小说作家跻身高收入行列，如欧·亨利、菲茨杰拉德等。由于面对的是普通大众，这期间的短篇小说以媚俗、程式化者居多，讲究情节，玩弄悬念。到了当代，大众消费的主要兴趣已经转向电视、电影、流行音乐、电脑游戏等多媒体娱乐形式，短篇小说的消费逐渐走向边缘，成了少数精英读者的“高档”消费，短篇小说的形式和内容也相应地发生了质的变化，日益走向纯文学和高雅艺术，表现出个性纷呈、高度实验性、讽刺辛辣等特征①。鉴于消费话语对文学创作的重大影响，它理应成为文化研究的一个重要课题。

一、文学消费话语的形态：起源、要素与流通方式

与贯穿始终的权力话语不同，消费话语参与文学的塑型大体在近代才出现，是文学产业化的结果②。文学产业化在西方始于 19 世纪，教育普及、读者数量增长和市场的扩大，使得文学作品的创作出版成为有利可图的产业，畅销的作品不仅为作家本人更为出版商带来丰厚的收入和美誉。其后果是，文学作品的价值不再仅仅取决于作品本身的审美价值的高低，作品是否符合受众的消费需求也是一个重要的考量因素。这样，文学创作便暴露于消费话语的影响之下。

消费话语存在两个主体：一是作为消费主体的文学受众；二是作为产品中介的出版商。受众作为最终消费者是消费话语的当然主体，他们对文学创作的影响在文学产业化之前业已存在。但由于那时候他们仅仅以欣赏者的身份出现，对文学创作的影响是极其有限的，作者不会过多考虑消费者的需要。但是，文学的产业化赋予了受众以欣赏者和“赞助人”的双重身份，是他们的消费维持了作家与出版商的再生产，并给他们带来声誉与自我实现。这种双重身份赋予受众以极大的影响力。作品不被受众接受，无法实现经济价值不说，也无法实现作者所期冀的审美价值和个人价值，这使得消费话

① “A Short History of the Short Story” *Book* March/April 2001 Issue http://www.bookmagazine.com/issue15/shortstory.shtml, 2004-12-30.

② 严格地说，消费话语在文学产业化之前业已存在，例如中世纪贵族作为艺术赞助人就对作品拥有极大的发言权。但由于只是主体有所不同，其话语流通方式与现代形式基本相同，所以这里我们主要讨论文学产业化之后消费话语的形态。

语成为文学创作中不可回避的塑型力量。

权力话语特征之一是利益驱动，而受众的消费话语参与文学塑型的方式则是审美驱动。受众阅读作品的出发点在于满足自身的精神需求，因而只有当一部作品具备了这样的审美功能，切合了他们的需求，才为受众所接受。消费话语对于文学的塑型作用可以归结为他们的品位与喜好对文学创作的制约。

有必要指出的是，受众对创作的影响是被动的。文学商品化的一大特征就是作家不再知道读者是谁，读者只具有一种非人格化的性质①。他们不可能也无意将自身的需求强加给作者，只是以他们的消费行为间接地影响着文学的创作。同时，一个社会、一个时代也不存在单一的消费话语。有多少个细分的市场，就有多少种消费话语，只是各种话语间存在着主流与边缘之分。

相比之下，作为作者与受众中介的出版商，他们的角色和作用却复杂能动得多。他们之所以具备消费话语的主体地位，很大程度上因为他们扮演着受众消费话语代言人的角色。在他们身上，利益驱动多于审美驱动。出版商支付稿酬和出版费用，主要目的是为了获得利益上的回报。这一点决定了在他们的眼中，文学作品的价值首先在于其交换价值，其次才是它的美学价值②。由于作品的交换价值的大小与销售数量成正比，而受众只有在作品能够满足自身精神需求的前提下才会购买作品，因此，出版商衡量作品价值的首要标准是作品迎合受众数量的多寡。由于这一原因，受众对文学作品的需求也就转化为出版商的需求。

作为文学的直接赞助人，出版商在某种程度上掌握着作品的生杀大权，因而他们所代表的消费话语包含了更多权力话语的成分。作品只有被出版商接受，才能初步实现其经济价值与审美价值。拥有这样的权利，出版商对文学创作的影响较之消费者更为直接有力。在利益的驱动下，出版商往往

---

① 阿诺德·豪泽尔：《艺术社会学》，上海：学林出版社，1987年，第249页。

② 同上，第176页。

不失时机地利用自身地位影响文学创作，在约稿、退稿或提出修改建议的过程中，有意无意地将他们判断作品价值的标准传递给作者，促使作品向着符合其需求的方向转化。

不过，无论受众还是出版商，所代表的消费话语对文学的塑型作用都并非决定性的。一种消费话语的存在，并非必然带来单一、线性的结果，其影响的大小和性质取决于它与作者的互动。不同的作者，因性格、地位、追求的差异，在面对消费话语有形、无形的诱惑、压力时，可能采取完全不同的策略，受消费话语的影响程度也不尽相同。一个已经成名的作家，有声望做后盾，可以较少理会受众和出版商的需求；相反，那些起步阶段的作家，为了赢得社会的认可，很容易受到消费话语的影响。下面将通过两个实例具体地分析消费话语参与文学塑型的常见形态。

二、归依

面对消费话语的压力与诱惑，一些作者会在功利的驱动下努力使自己的创作合乎市场的要求。如此一来，消费话语的制约作用便会放大，使作品带上深刻的消费话语的烙印。澳大利亚短篇小说家斯蒂尔·拉德的成名作、短篇小说集《在我们的选领地上》就是这样一个典型。

《在我们的选领地上》取得了令同辈作家艳羡的商业成功。1899 年出版后的 40 年的时间里，在当时人口稀少的澳大利亚，发行量突破了 25 万册。拉德借此在澳洲文学史上占有了一席之地。而这一切都是作者归依消费话语的结果，无论在题材还是主题上，该小说集都是消费话语的产物。

成名前，拉德是个既无实力、地位又未受过良好教育的业余作者。这种弱势地位，使得他比其他类型的作者更容易暴露于消费话语的影响之下。《在我们的选领地上》并非拉德的处女作。1889 年，在布里斯班一家周刊上发表过几篇作品后，拉德开始向当时澳洲最负盛名的文学期刊《公报》(*Bulletin*)投稿，得到的只是措辞严厉的退稿信。《公报》当时的读者群以牧羊工人、羊毛工、扎篱笆工、赶畜工人及小农场主为主。他们对于文学的需求主要是消遣和娱乐。《公报》很好地迎合了这部分读者的阅读情趣，被冠以"丛林人的《圣经》"。在阿奇博德(J. F. Archibald)的指导下，杂志在编辑上主张本土化的丛林题材、简洁的文体与轻松幽默的风格。

显然，拉德的作品不合乎《公报》的口味。这一打击令拉德一度放弃了文学创作。几年后，他重新提笔时，选择了属于《公报》倡导范围内的选领地生活为题材，应该不是巧合或是他"灵感突现"(hit on the happy idea)①，而是对《公报》编辑方针乃至消费话语的主动适应。

除了选材，消费话语的参与突出地表现在小说集主题的嬗变方面。以第六章为界，小说集前后两部分的主题存在明显的差异。在前五章中，读者看到的是拉德一家垦荒初期所遭遇的种种艰辛：工具匮乏、干旱、野兽侵扰、捉摸不定的市场价格等等。与之相对应的，是家庭成员尤其是老爹在严酷条件下所表现出的坚韧和乐观向上的精神。虽然在这几章中，间或也有些令人发笑的情节，但作品的总体基调是严肃的，甚至是伤感的。

然而从第六章起，作品的叙事逐渐脱离前半部的主题与气氛，逐步转移到发生在农场上的一些奇闻趣事上面。最典型的当属《怪人杰克》和《我们的马戏团》。在这些章节中，前半部分力求表现的严肃主题没了踪影。除了幽默、新奇，就只剩下热闹了。这种变化并非情节逻辑发展的结果，老爹一家的境遇并没有发生改变，而是作者在消费话语的影响下，创作意图转变的结果。

《在我们的选领地上》的创作是分段进行的，这为作者与市场因素的互动提供了必要的条件。创作间隙，《公报》的编辑阿奇博德给作者写了许多信，对他的创作加以鼓励和引导。阿奇博德给拉德的信中，有两封是这样的写的："亲爱的戴维先生，随信附《十四年前》的支票，文章我们留待特殊场合刊用。这些选领地特写有一天收集起来出版一定十分有趣。""《来辛格哈特的女人》本星期付印。是个好故事。你的名声便维系在这些因素上面。接

---

① FitizHenry, W. E. *On Our Selection*: "Forward". North Ryde: Angus & Robertson Publishers, 1979. xvi.

受我的建议，不过不要有意降低水准。”①

反观作者，作为一位刚刚有所突破的业余作家，写作风格、主题尚在摸索之中，对于专家的引导和鼓励，自然不会等闲视之。从这些反馈信息中，拉德不难发现自己的作品在读者、编辑眼中的价值与力量所在。随着这一认知的日渐明晰，他便自觉或不自觉地依此修正自己的创作。

小说集主题的退化就是迎合的结果。如果说小说创作之初，作者还依照自己的想法进行构思的话，随着编辑、读者影响的渗入，其创作意图便日渐开始向市场的需求倾斜了。虽说文学具备了消遣、娱乐的社会功能，但并不必然导致艺术质量的降低，莎士比亚的戏剧就是很好的例子。然而《在我们的选领地上》的主题退化，却产生了一系列令人遗憾的后果。

首先，作品的生活真实性遭到了削弱。虽然作者本人声称，除去润色加工，《在我们的选领地上》里面叙述的事件大多是真实的，但真实的片段组合起来并不等于生活的真实。作者在作品的后半部分刻意描述生活中的奇闻趣事，肢解了真实的生活画面。展现在读者面前的，只剩下选领地生活中，离奇、轻松、好笑的一面，扭曲了现实，削弱了作品的真实性。

此外，人物的可信度也随着主题的退化而降低。在作品的前五章，作者对主人公老爹的形象刻画尚属成功。读者可以清晰地捕捉到老爹勤劳、乐观、倔强的性格特征，并且真切地体会到老爹不同场景下的情绪波动——拓荒时的兴奋、收获时的期盼、收获后的灰心与沮丧等，成功地拉近了读者与人物之间的距离，一个可爱可敬的父亲形象跃然纸上。然而随着主题的退化，为了搞笑而服务的情节占据了一切。人物的动作、语言完全根据情节的需要设计安排，基本上没有性格可言。老爹总是为一些小事大发雷霆，母亲动不动就尖声叫喊，而乔总是做些怪异的举动。人物在作品中只起到了符号的作用。这就难怪一些批评家指责作者在作品中制造了些怪物(gnogoyles)。

由于市场因素的介入，作者的创作意图从严肃的主题转而向消费娱乐

① FitzHenry, W. E. *On Our Selection*: “Forward”. North Ryde: Angus & Robertson Publishers, 1979. xvi.

的市场需求倾斜，致使一部有着良好开端的作品，降格为一部艺术质量平庸却具有很强消遣功能的作品。从这部小说中，我们不难看到市场的魔力与消极作用，以及文学在市场面前所面临的窘境。

三、颠覆与升华

当然，归依并非是消费话语影响文学作品的唯一结果。面对消费话语的归顺压力，倘若作者采取其他的应对策略，则可能出现截然不同的效果。德莱塞的《珍妮姑娘》就是一个反面的例子。

大家都知道，德莱塞的处女作《嘉莉妹妹》曾因"有伤风化"而遭到出版商的"冷冻处理"，让对作品满怀期待的德莱塞住进了精神病疗养院。应该说，书商的行为并非仅仅是个人的商业行为，它代表了当时居优势地位消费群体的审美情趣——文雅传统（genteel tradition），因而是消费话语的表现。嘉莉道德沦丧、自甘堕落，在小说中不仅没有受到应有的惩罚，反而平步人生，这在部分读者看来是无法接受的。在这一点上，出版商和他所代表的消费话语达成了共谋。

有了前车之鉴，哈帕公司在与德莱塞签订《珍妮姑娘》的出版合同时就采取了预防措施，规定出版商有权按照出版要求对书稿进行一切必要的编辑加工。为确保小说的出版，德莱塞也只能接受现实。但是他的自然主义情结似乎又是牢不可破的，而且开始创作《珍妮姑娘》的时候，他已是小有名气的编辑了，诸多因素互动的结果促成德莱塞在《珍妮姑娘》中并没有简单归顺消费话语的干预，而是对其采取了颠覆和升华①的双重策略。

在小说中，德莱塞或通过情节演绎、人物内心活动，或是直接评述，不断

---

① 弗洛伊德曾经精辟地描绘了作品、现实、作者心理需要三者之间最为常见的关系，认为作品是对作者内心需要的升华。所谓升华，就是作者将自己内心的需要，用现实可以接受的方式曲折地表现出来。参见杰克·斯佩克特《艺术与精神分析》，高建平等译，文化艺术出版社，1990，第127页。

质疑、攻击道德乃至一切规范的合理性。例如，老葛哈德一贯虔诚信奉上帝，严遵道德规范，但这些除了让他变得不近人情之外，并没有给自己或家人带来点滴的好处。于是德莱塞感叹道德从不可记忆的时候起，就一径在这个世界里徒然奋斗："因为所谓道德，就是对别人有好意和替别人做好事的意思。道德就是愿意替别人做事的那种慷慨精神，而惟其如此，它是被社会看得差不多一钱不值的。"(德莱塞，56)

当珍妮因越过道德红线而备受歧视压力的时候，德莱塞则以自然主义的道德观为武器站出来捍卫珍妮作为人的价值："没有哪种进程是猥亵的，没有哪种状态是不自然的。跟某一社会的习惯偶然歧异，并不必然构成罪恶。人世间渺小的可怜虫，偶尔为机会所乘，而轶出人类确立的习惯，未必如一般人所断定的那样，犯下了沉沦不可自拔的大罪。"珍妮"周围的人类都是愚昧而麻木的，所以都看不透她现在的处境，只晓得她是有意违犯社会的律条，而应处的惩罚就是不齿于人类"。(德莱塞，59)

此外，德莱塞还通过小说的另一人物雷斯特，公开挑战一夫一妻的婚姻制度。认为婚姻无非是个"克制情欲的保证书"，是"社会律条"强加给自己的束缚，而妻子不过是一个"终生都来干预我的一切事情"(德莱塞，80)的人。"结婚当然是一种制度，这是已经确定的。是啊，不错。可是又算得什么呢？这是全国人都相信的。诚然诚然，可是别的国度怎么有相信多妻制的呢？"(德莱塞，78)

可见，在消费话语的压力面前，德莱塞并没有放弃他的自然主义观点。可是颠覆归颠覆，德莱塞并未漠视他试图颠覆的消费话语。为了能够出版，他所做的妥协也是显见的。初看上去，嘉莉与珍妮如同双胞姐妹——无论出身、经历，还是价值观，都如出一辙：珍妮初次踏入白兰德房间时表现出来的对物质和安逸生活的强烈向往，和嘉莉初到芝加哥时的感觉并无二致；两人又都跨越了社会道德的红线先后委身于两个男人。但是两者又是不同的。嘉莉生活在没有道德规范的世界，很容易被人理解为一个贪图享受的堕落女子。她与杜洛埃在一起是为了贪图安逸；因为同样的原因又做了赫斯渥包养的婚外情人。相比之下，珍妮却身处一个充满道德准则的世界。在德莱塞的精心安排下，珍妮每次越界都是为了他人的利益而“不得不”舍身付出。这样，她的每一次越界不仅不是迈向堕落，反而向人间圣女又靠近了一步。

反观《珍妮姑娘》中的两位男主人公，也都大体在道德允许的范围内行事。白瑞德虽已中年却是单身，如果不是意外，他会与珍妮结婚成为孩子的合法父亲的。雷斯特虽然因为家庭原因不能娶珍妮，但他们之间的关系从来都不是婚外情，严格说来也是合法的。而最最重要的，他们都是为了爱而走到一起的。这与杜洛埃、赫斯渥同嘉莉的关系有着“本质”的区别。

尽管如此，小说还是遭到了出版商的修改，被删去16,000多字，“原先对时尚和道德的尖刻嘲讽……被锉去了棱角”。看过原稿的批评家们感叹说出版社“如此无情的砍杀，令人震惊”[①]。可以预见的是，如果没有德莱塞升华式的妥协，小说很可能会遭遇与《嘉莉妹妹》同样的命运。

从《珍妮姑娘》的例子中我们看到，由于采用了不同的策略，消费话语的参与不仅没有使小说的水准退化，反而使其在复杂性和艺术性上更上一层楼。在《嘉莉妹妹》中，我们看到的是一个没有道德规范、没有矛盾冲突的单向度的自然主义世界，人物在盲目力量的驱使下，随波逐流。正是由于消费话语的强力介入，在《珍妮姑娘》中德莱塞才不得不思考道德在现实世界中的位置，考虑个人意志与社会规范的冲突。正是消费话语与作者相互作用的合力，才造就了小说中多维、现实的矛盾冲突，以及珍妮这一复杂、被损害的圣女形象。

四、结语

这里选取了出版商作为消费话语的代表干预文学塑型的典型例子。事

① 宁：《新版〈珍妮姑娘〉与德莱塞的初衷》，《外国文学评论》，1994年第1期，第134页。

实上，在多数情况下，消费话语是以沉默的方式施加影响的。由于认同的需要，作家总是自觉或不自觉地发挥创造力，或是适应目标读者群的消费需求，或是争取潜在的读者，创造共鸣。很难想象没有庞德、葛特鲁德·斯坦以及欧洲现代派氛围，海明威会在文体创新的道路上走得那么远；同样，如果没有超验主义强势地位的潜在压力，霍桑就不需要用一种曲折的方式颠覆它，很可能我们就不会看到他今日的艺术成就。一种文学现象的产生是多种力量互动的结果，无论是消费话语还是其他要素，我们只有如同考古学家一样发现它们在文本内外的力量组合与互动，才能真正认识这些文学现象。

附录 2

霍桑对爱默生超验主义的解构

霍桑是个可爱的蓝眼睛小伙，他对人类灵魂深处的罪过一清二楚，并用巧妙的伪装加以揭露出来。

——D. H. 劳伦斯

霍桑热衷于探究人性的阴暗，这是众所公认的。究其原因，最为人津津乐道的，莫过于所谓"历史的重负"。祖辈的罪恶如何在其心灵深处留下一个负罪情结，使之一方面同情清教的主张，深感人性之堕落；另一方面又站在人道的立场，批判清教的黑暗与严酷，构成其作品中特有的"含混"或者"矛盾"。总之，人们似乎认为霍桑与清教之间存在某种微妙的联系。尤其在解读《红字》时，这样理解的不在少数①。

---

① 如 1986 年出版的 *Modern Critical Interpretation*: *Nathaniel Hawthorne's The Scarlet Letter* (New York: Chelsea House Publishers) 中，仍以清教传统和 Ann Hutchinson 事件作为解读《红字》的参照语境。

笔者认为，这种诠释固然有理，但基本属于误读。结合霍桑的生平、作品及创作理念，我们有充分的理由相信，除了一些次要作品外，他中后期作品的多数灵感，都源于其价值观与爱默生超验主义之间的激烈碰撞。他的主要作品——《红字》、《福谷传奇》、《玉石雕像》，短篇小说《天国铁路》等，都旨在对爱默生的主张进行解构。

一、语境

阐明这一点，有必要首先关注一下以下事实。首先，霍桑一贯用寓言手法进行创作。他将自己的作品称为传奇故事，而非小说。按照他的定义，小说重在写实，而传奇故事则不受此限，只需忠实于"人性的真"就行了。这使得传奇作家"有相当的权利在很大程度上描写本人选择或创造的环境中的真实"。在理想的情况下，作者应该"把掺和在全书之中的惊人情节处理成一股稀薄、微妙而瞬息即逝的味儿，而并不作为实际提供给读者的菜肴的一部分"①。

所以，无论取材过去还是现在，对于霍桑的作品来说，情境都只是工具，是思想的外壳，是可以在"月光、炉火下产生的幻境"中消解的，而并非作者真正想要表达的东西。即便他那些貌似写实的作品，如《福谷传奇》，也是如此。霍桑在小说序言中就说，选择布鲁克农场为背景，并非意在探求它的得与失，"只是想建起一个远离交通要道的舞台，得以演出他（作者）头脑中那些人物的古怪离奇的行径，而不致使他们暴露得近在咫尺，与真实生活的实际情况形成反差"②。

既然如此，同样是寓言，读《格列佛游记》，我们会抽象掉它的情境，把它与当时英国社会联系起来，那为什么读《红字》，我们就非要认为他是在探讨清教的是与非呢？事实上，在霍桑的时代，清教已经成为历史③，他本人也是

---

① 霍桑：《序》，《古宅传奇》，韦德培、方博译，上海译文出版社，1991 年，第 2 页。

② 霍桑：《霍桑小说全集》，胡允桓译，安徽文艺出版社，2000 年，第 2 卷，第 225 页。

③ 在清教曾经主宰一切的波士顿地区，1785 年出现了第一个皈依唯一神教的教区。到 1815 年，该地区绝大部分教区都已转向唯一神教。

个非常世俗的人，并非什么道德学究[①]，完全没有必要抵制一个已经成为历史的东西，反倒是他与超验主义之间存在着严重的分歧。这是我们需要注意的第二个问题。

虽然身处超验主义的旋涡之中，霍桑从未同情过更谈不上接受这一主张。当初他加入布鲁克农场并非出于信念，只为能有个家早日迎娶新娘；后来定居超验主义的中心——康科德，更多的也是出于经济上的考虑。对身边的超验主义者，霍桑颇不以为然，在日记中慨叹："再也找不到比这里更难受的地方了。满世界都是些装束奇特、举止怪异、自诩为人类命运重要一分子的怪人。其实不过是些顶顶讨厌的家伙。"[②]

尤其值得注意的是他与爱默生的关系。爱默生在当时可谓炙手可热，霍桑与他有过密切的接触，妻子索菲娅也是他的狂热崇拜者。但霍桑并不赞同他的主张，对他的评价也不高，认为他"排斥一切，却又不知道自己在寻找什么"。他说，早几年自己还可能寻求他的"圣言，为我解开天地间的谜团，可现在，我感觉活得很自在，没什么要问他的了。我欣赏他仅仅因为他作为诗人创造出了深邃的美景和质朴的温情，但绝不会把他当成哲学家向他讨教什么"[③]。在爱默生影响如日中天的时候，霍桑却常常借口给未婚妻索菲娅写情书，而婉言拒绝爱默生演讲的赠券。

相比之下，爱默生对霍桑的评价更低，认为霍桑的小说"一无是处"(good for nothing)。甚至霍桑死后，在致索菲娅的慰问函中，爱默生也没忘了数落霍桑，说他的作品令他"极其失望(sternly disappointed)"[④]。两人的嫌隙与隔膜，由此可见一斑。

从在《海关》中对一些同僚的无情讥讽，以及他不顾个人名誉捍卫皮尔

---

① 有关描述见戴维·莱文《霍桑：〈红字〉》，《美国小说评论集》，美国驻华大使馆新闻文化处，1985 年，第 19 页。

② Brooks, Cleanth, eds, *American Literature*: *The Makers and the Making*, Vol. 1, New York: St. Martin's Press, 1973，第 444 页。

③ 同上，第 444 页。

④ 同上，第 444、456 页。

斯的举动来看，霍桑是个爱憎分明的人。对于他看不惯的东西，应该是不会手下留情的。但他唯独很少谈论他与爱默生的歧见，连妻子索菲娅百般探询也一无所获，实在是令人匪夷所思。

最后一个需要注意的问题是，霍桑作品的主题在1840年前后发生过微妙的变化。虽然自创作伊始，霍桑关注的就是人性、命运等问题，但那时的焦点比较散乱，探讨人性虚伪的有之，揭示人类贪婪的有之，还有寓言无情命运对人类热望的无情讽刺等。1842年重又开始创作之后，他作品的主题却相对集中，并表现出一定的循环——同样的主题会出现在不同的小说中，反复阐释以至深化。如《天国铁路》、《红字》、《玉石雕像》等一系列的作品，都在探讨善恶之间的辩证关系及实现超越的途径问题。这些问题恰恰也是爱默生超验主义的视野所在，只是两者在立场上是针锋相对的。霍桑主题上的这种转变，与超验主义高潮的涌现，时间上恰好一致，这显然不能仅仅解释为巧合。

二、颠覆

以上述语境作为参照重新解读霍桑的相关作品，我们不难发现，通过《天国铁路》、《红字》及《玉石雕像》等作品，霍桑实际上是在用寓言的手法，迂回地讽刺并颠覆爱默生的超验主义，同时阐明自己的主张。

关于人性，爱默生认为人人皆善，“恶”是不存在的；而霍桑在《红字》中却刻意展现了一个人人皆有罪孽的世界，矛头直指那些自认为善良且颇受尊敬的人①。借助对珠儿的描写，霍桑还着意表明，“恶”不仅存在，而且是本能赋予、与生俱来的②。

---

① 同样的主题先行出现在《好小伙布朗》中，这些人包括教长、牧师、总督，现实生活中想必也包括爱默生。

② 讨论珠儿时，人们通常将她视作一个“活的红字”，作用是不断提醒海丝特自身的罪孽。如果用本文所述的语境作为参照，则可以看到，她实际上是霍桑假以探讨人性的一个理想载体。霍桑对人性的理解不少是从对女儿乌娜的观察中得出的，而珠儿就是以她为原型的。

鉴于自己的过失与不幸，海丝特想对珠儿严加管教，但却无能为力。因为珠儿的天性中有种无法驯服的东西：每当体会到别人的轻蔑，她“使用一个孩子胸中可能绞出来的最辛辣的恶毒来报复”①；独自在林中玩耍，她会把松树当作清教徒的长者，而将“最丑陋的杂草权充他们的子孙，并毫不留情地将这些‘儿童’踩倒，再连根拔起”。足见在其小小的心灵里，“恶”早已生根发芽了。

在小说的第五章，霍桑几乎道明了自己的用意，坦言关乎人性、清教时代鄙俗之人编造的恐怖传说，都比现代人（爱默生？）所相信的包含更多的真理：

> 他们确信那红字绝非世上染缸里染出来的红布，而是地狱之火把它烧得通红的……而我们必须说，那红字是深深地烫进海丝特胸膛的。所以在那种传说中，也许比我们现代人的将信将疑的，包含着更多的真理。（第62页）

其次，在实现超越的途径上，霍桑与爱默生的观点也是针锋相对的。这是二者有关人性分歧的自然延伸。爱默生认为理性是冷酷的，灵感才是真理的源泉；只要发挥自身的灵感去感悟真、善、美，就能实现与“超灵”的结合，驰骋于理想的境界。这在霍桑看来是极其幼稚的观点，并在作品中予以讽刺、颠覆。

这方面最早见于《天国铁路》。小说中与“我”结伴而行的铁路董事长被起名“畅捷先生”（Mr. Smooth-it-away），就颇具讽刺意味。在班扬的《天路历程》中，通往天国之路艰险坎坷，但这位“畅捷先生”却将它变成了一条快速铁路。他得意地告诉“我”，《天路历程》中2000辆马车建筑材料倒入其中依然深不见底的“绝望潭”，他们只往里扔了“一些道德书籍，法国哲学和德国唯理论的典籍，现代教士的小册子、布道稿和文章，柏拉图、孔子和印度智

---

① 霍桑：《红字·福谷传奇》，侍桁、杨万、侯巩译，上海译文出版社，1996年，第64～66页。以下引用霍桑作品文字未标明出处的，皆引自本书。

者著作的选段，以及对《圣经》的些许精妙点评”[①]，沼泽就变得如花岗岩一般坚硬。他们随后在上面架起了大桥，让天堑变成了通途。熟悉超验主义的人都知道，那些“填充物”其实就是爱默生超验主义的全部来源与构成。这位“畅捷先生”是以爱默生为蓝本的，应该是毫无疑问的了[②]。

如果说霍桑不同意爱默生勾勒的超越之径，那么他的主张又是什么呢？应当说，通过“天国铁路”与“天路历程”的对比，霍桑已经表明了他的立场。无疑在他看来，较之超验主义的信条，班扬眼中的超越之路要现实得多。小说中的“我”只是一个受了“畅捷先生”蛊惑的天真之辈，真正代表霍桑立场的，是如“基督”和“信念”一般孜孜苦行的“坚持真理先生”(Mr. Stick-to-the-right)。他警告“我”说：“整个事情就是个泡影。你可以乘车旅行终生，但就算你能活上几千年，你也无法越出名利场一步。是啊，你虽然认定自己要进入那座福城(天堂)的大门，但那只不过是一场悲惨的梦幻。”[③]

但是霍桑的超越观又并非完全是《天路历程》的翻版。他在《红字》和《玉石雕像》中表达的超越观，可以用《玉石雕像》中凯尼恩所发的一段感叹加以概括：

> 多纳泰洛犯下了滔天大罪，悔恨咬噬着并唤醒了他的灵魂，悔恨又使他具有了高度的道德和理智潜力。我们从未梦想过，在我们所认识的多纳泰洛那瘦小的身躯里，会孕育如此巨变……罪行教育了多纳泰洛，罪行使他得到了升华。那么，我们认为的宇宙中漆黑一团的罪，是否像悲伤一样，仅仅是人类教育的一部分？通过它，我们一跃而上我们通过其他任何手段都无法企及的更加崇高

---

① Hawthorne, Nathaniel. *The Celestial Railroad and Other Stories*, Chicago: The New American Library, Inc., 1963，第 186 页。

② 这一寓言有其现实的背景。当时康科德已经通了铁路，爱默生对此很兴奋，认为“一些天才人物(应该指他自己)可以将这个商业发明用于更崇高的目的”。参见 Mellow, James R., *Hawthorne in His Times*, Boston: Houghton Mifflin Company, 1980，第 244～245 页。

③ 霍桑：《霍桑小说全集》，胡允桓译，安徽文艺出版社，2000 年，第 1 卷，第 351 页。

和纯洁的境界？是不是因为亚当堕落了，我们才有希望最终飞升到比伊甸园还要美妙的天堂？[①]

可以看出，与爱默生的观点截然相反的是，在霍桑的超越公式中，大“善”并非以小“善”而是以“恶”为起点的。罪是善的阶梯，罪行使人升华；罪的终结，才是善的开始。只有犯过错，一个人才具备了道德和理智的潜力；只有他深切悔悟，才能使心灵得到升华[②]。

因为在霍桑看来，既然难以驯服的本能常常将人导向恶的一面，超越就必须具备强大的动能才能实现。这一动能就是负罪感。多纳泰诺如此，海丝特、丁梅斯代尔也是这样。因为相信自己罪孽深重，海丝特“才没有继续腐败下去”（第63页）；倘若丁梅斯代尔不以自己罪错在先、掩盖在后为耻，反为侥幸逃脱惩罚而暗自欢喜，那么他在小说最后一幕的超越，也是绝不可能出现的。相比之下，正因全然没有任何负罪感，齐灵渥斯才在本能的驱使下，从一个受害者堕落成为罪人。

总之，在霍桑看来，超越首先必须源于对“恶”的感悟。像超验主义者那样，认为自己已经善良、完美得如上帝天使一般，超越只能是“一场悲惨的梦幻”。霍桑同样的观点在《福谷传奇》中也有体现。如卡佛台尔就嘲笑霍林华斯不懂得何为“善”，说他要做慈善家的话，“首先应该自己去犯上一些严重的罪行，把那好的一面的本性检查清楚，然后才能研究这个问题（改造罪犯）”（第203页）。这充分表明霍桑在此问题上的观点是成熟而稳定的。

霍桑的深刻并不仅限于此。是否我们感悟到“恶”，感悟到自己的不足，放下屠刀，就能立地成佛呢？答案是否定的。霍桑眼中的超越之路不仅艰难、曲折，甚至是可以逆转的。既然本能的力量是强大的，那么面对负罪感所产生的焦虑，人们会出于本能优先采取一些无需付出太多努力便能消除它的办法。例如逃避对海丝特来说，回到英国便是一个方便的选择；还有忘

---

① 兰德尔·斯图尔特：《霍桑传》，赵庆庆译，东方出版中心，1999年，第273页。

② 这种观点貌似突兀，却相当具有辩证法的精神，也完全符合动力心理学的原理，较之班扬的观点要深刻得多。

却，把痛苦、丑陋的东西统统埋藏到潜意识的深渊去。丁梅斯代尔开始就企图逃避。可以想象，若无外力逼迫，懦弱的他一定会一直逃避下去，根本无法实现人性的超越。

所以，霍桑在《红字》中特别强调外力在超越过程中的重要作用。他没有给丁梅斯代尔以逃避的机会，而是用三股力量——齐灵渥斯、上帝和公众——逼得他毫无藏身之处：齐灵渥斯的窥探令他坐无宁日；良知使得他无法面对上帝，求得宽恕；作为教士，他布道时颂扬的一切，无时无刻不在鞭挞着他的内心；而教众们的景仰与欢呼，只能让他更加无地自容。他最后一幕在刑台上的慷慨陈词，清楚地表明这些压力所起的作用：

> 上帝的眼睛是看见它(红字的烙印)的！天使们的手永远在指着它！恶魔(齐灵渥斯)对它也很清楚，而且总是用他燃烧的手指拨弄着它！
>
> ……上帝明了，他是慈悲的……他使我在胸上负着这燃烧的痛楚！他把那个阴森可怕的老人派遣了来，使那痛楚永远如火烧一样……只要这些痛苦缺少了一点，我便永远无救了！(第 171～172 页)

同样，海丝特也承受了巨大的压力和痛苦。读过《红字》的人，往往为两人的遭遇深感不平和怜惜，并将批评的矛头指向清教和齐灵渥斯。我们并不否认，在特定语境下这种理解是完全正当的，但这与霍桑的本意应该是背道而驰的。因为在他看来，这种磨难对两人与其说是祸，不如说是福。正是借着这股力量，他们才超越了自我，实现了人性的升华。

当然，痛苦并不仅仅具有教化的作用，毕竟它违背了生命的本性。没有强大力量的支持，很难有谁能长时间地忍受这样的折磨，丁梅斯代尔身体日渐虚弱就是很好的例证。小说中对此有着合理的解释，显示霍桑对其中的辩证关系应该是了然于胸的。对海丝特来说，坚强的性格、对珠儿负有的责任，便是支持她坚持走下去的强大力量。如在第 8 章中，巫婆西宾斯太太邀请海丝特到森林里参加“黑男人”的聚会，海丝特答道：

请你替我向他抱歉吧！我得待在家里，照顾好我的小珠儿。要是他们把她从我手中夺走，我也许会心甘情愿地跟你到树林里去，在黑男人的名册上也签上我的名字，而且还要用我的鲜血来签呢！（第 82 页）

霍桑感叹道，“这孩子早在此时就已挽救了她免坠撒旦的陷阱”（第 82 页）。而在丁梅斯代尔身上，发生作用的则是信念的力量。对上帝和“善”的虔诚笃信，最终使他免于堕落。

就这样，海丝特和丁梅斯代尔经历了七年的痛苦折磨，最终实现了升华。而霍桑也通过他们阐述了自己的超越观[1]。与爱默生的唯心加理想主义的超越观相比，霍桑的观点充满了唯物思想和善恶相倚的辩证精神，也更贴近当代心理学的喻示。下图是他辩证超越观的直观体现：

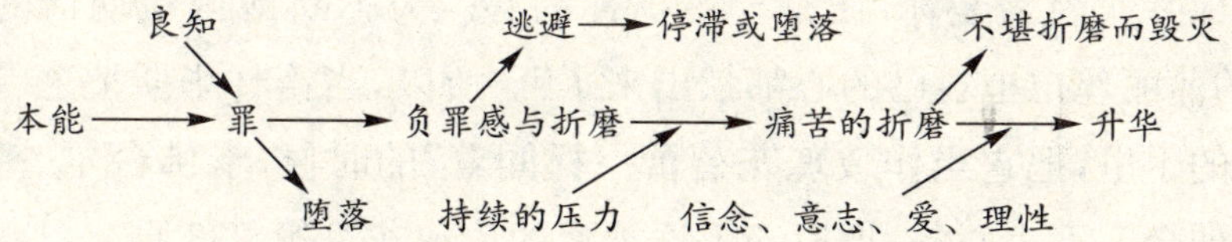

三、解构

霍桑对爱默生超验主义的颠覆并未就此止步，而是在另一系列作品中进一步对其加以解构。这些作品以《福谷传奇》为代表，包括《伊坦·布兰德》、《拉帕西尼之女》、《利己主义，或胸中的蛇》、《石人》、《雪人》等。虽然情境多样，它们实际只探讨了一个主题，即“利己主义者”的行为本质。

我们首先来分析一下这些人物中的典型——《福谷传奇》中的霍林华斯，看看霍桑所谓的“利己主义者”具有什么样的性格特征。作为“慈善演说家”，霍林华斯自认为是上帝的天使，矢志改造“罪犯”的慈善事业，容不得身

① 同样的主题在《玉石雕像》中得到了重述，只是相对于《红字》的隐讳，在观点的表达上更为率直一些，在此就不赘述了。

边有一丁点“恶”存在，周围很多人也都把他当成“大善人”来景仰、爱戴。

卡佛台尔[①]起初也这么认为，并为霍林华斯在他生病时悉心照顾自己而感激不尽。然而随着了解的深入，他却日渐感受到霍林华斯冷酷的一面：他真正爱的并非他人，而是自己。表现为他在施与他人温暖方面，具有高度的选择性。他的爱只会施与那些弱小、景仰他的人，因为只有他们才“能够满足他误认为是上帝天使的虚荣心”；一旦你无法满足他的这一“严肃而可怖的特性”，就再也别想沐浴他的温暖了。他曾赤裸裸地对卡佛台尔说：“除非你为了实现我人生的伟大目标（误以为是上帝的天使）同我同心协力，否则你怎么能够做我的终身朋友呢？”（第216～217页）充分暴露出他慈善背后的利己主义实质。

由于这种利己主义特性，霍林华斯的温暖对别人其实是有害的。因为他关心你并非因为爱你，而是要占据你的心。为不断博得他动情的微笑，“可怜的蒲丽丝拉把自己的心都献出来了”。所以，当霍林华斯把这颗“心握在自己的手里，把它当作玫瑰花蓓蕾一样闻着”的时候，卡佛台尔一直担心有一天他会一不小心“一把捏碎了这柔嫩的玫瑰花”（第233页）。这种担心不幸成为了现实，只不过受害者并非蒲丽丝拉，而是貌似坚强的齐诺比娅。她一直深爱着霍林华斯，但她追求的是霍林华斯并不期望的那种平等的爱。所以，当她失去财产、对他的事业毫无用处之后，霍林华斯便无情地抛弃了她，令高傲的她在绝望中结束了自己的生命。

霍桑在《雪人》、《拉帕西尼之女》等短篇中叙述了相似的故事，并在这一系列的作品中探讨了这类人的心理机制。他们的特征在于“沉迷在一个能使人忘我的目标”之中，一旦形成了，好像“宇宙间所有的理由和正义当然都集中在那个方向”，为此，“他们几乎什么也不顾了”。对于霍林华斯，他的目标就是“行善”[②]。然而实际上他们的意识和潜意识是断裂的：在他们虚假面罩之后包藏着强烈的利己主义欲望。霍林华斯和林德塞自以为献身于

---

① 应该代表着霍桑本人。

② 对爱默生来说就是做人类的先知。

“善”，而拉帕西尼医生自以为献身于崇高的科学，殊不知这些崇高的事业就是他们自己。他们自我欺骗得如此巧妙，以至于干了贻害他人的事，自己也浑然不觉：

> 他们有个崇拜的偶像，他们把自己献身做那偶像的祭司长，并且认为牺牲任何最宝贵的东西给这个偶像都是神圣的；然而他们从来没有一次怀疑过——因为附在他们身上的魔鬼太狡猾了——这个偶像就是祭司长本人……（第227页）

很显然，这不是抽象的道德寓言。霍桑时代的美国人心不古，马克·吐温对此有过深刻的揭露。如果意图抽象地探讨人性，霍桑显然不会置那么多丑恶现象于不顾，偏要再三与这些本质不坏、误入歧途的人过不去。霍桑在《福谷传奇》的序言中说他旨在揭露他头脑中人物“古怪离奇的行径”，这些人物与布鲁克农场“有着鱼水般的关系”，但“出于某种偶然，却从未在那里露面”。他还特别提到一些他“不敢指名道姓的人，因为他们总是戴着面纱出现在公众面前”[①]。不少人认为，小说中的齐诺比亚是以马格丽特·富勒为原型的[②]，而我们这里需要关注的是霍林华斯的原型是谁。

熟悉精神分析的人不难看出，霍林华斯身上的所谓的“利己主义”人格，实际上就是心理学上所说的“自恋癖”。结合前文所述的历史语境，同时分析对照一下爱默生与霍林华斯等人的性格特征，我们有理由相信霍桑想要揭露的不是别人，正是爱默生。

心理学认为，自恋，或者霍桑所说的“利己主义”，是年幼时因悲伤和恐惧疏远他人，同他人的积极情感纽带变得纤弱，失去爱的能力造成的[③]。他们深为自己的渺小、孤独而感到痛苦。爱默生在成长过程就伴随着这样的

---

① 霍桑：《霍桑小说全集》，胡允桓译，安徽文艺出版社，2000年，第2卷，第226页。

② 见《被霍桑诅咒的女人》，吴江编译，《世界文化》，1996年第4期，第43页。

③ 本文有关自恋的理论见卡伦·霍尔奈《精神分析新法》，雷春林、潘峰译，上海文艺出版社，1998年，第52～60页，中文版前言，第14～17页；以及埃里希·弗洛姆《弗洛姆著作精选——人性·社会·拯救》，黄颂杰主编，上海人民出版社，1989年，第687～697页。

自我危机，如他在日记中写道：

> 1822 年 5 月 13 日 再过 12 天，我就 19 岁了。对我来说却是件可悲的事……连傻瓜都不喜欢我。自私、狭隘、冷漠，又懦弱，可是我也想变得浪漫啊……上帝（我无法理解与他的关系）创造的世界如此之大，却没有一个我能与之交心，一个与我休戚与共、与我息息相通的人……[①]

为摆脱自觉卑微的烦恼，自恋者的策略是将自己想象成人中豪杰，如“救世主、命运的支配者、先知、伟大的施予者、人类的造福者”，通过歪曲自我，搞“自我崇拜、魅力训练”来驾驭生活，获得满足[②]。

霍林华斯就自诩“上帝的天使”，矢志改变人类的命运。爱默生也是如此。虽然有时很隐讳，爱默生给自己冠上了几乎上述所有头衔，常常在日记中不指名地称自己为上帝的天使、基督、救世主、先知，甚至上帝本人[③]。通过他的日记，我们可以清楚地看到他进行“自我崇拜、魅力训练”的轨迹：

> **1826 年 5 月 28 日** 我通过思索、培养我的独立性让自己高兴——做到思想上的无敌，通过想象一种坚定的意志。或者，如果无法泰然自若地做到这一点，就想象一种坚定的信念，这种信念确确实实是上天律法的延伸。而这些律法，即使是万能的上帝，也是无法掌握的。（第 41 页）
>
> **1834 年 12 月 21 日** 上天赐福，这一天年轻人（指爱默生自

---

① Emerson, Ralph W., *Selected Writings of Ralph Waldo Emerson*, New York: The New American Library, Inc. 1965, P38. 以下爱默生言论中，未标明出处的皆引自本书。

② 虽然都是为了自己，这一点是自恋与自私的最大区别。

③ Marion Montgomery 指出，爱默生经常谈论能给人带来启示的先知、伟人。读他的作品你要不了多久就会断定，这位先知和伟人不是别人，正是他自己。虽然他雄辩地表示，别人和自己一样具有神性，“超灵”存在于每个人身上，但关键在于他认为自己是这样的。他所谓“我们的”、“我们”最终指的都是“我”。见 *Why Hawthorne Is Melancholy*，第 29 页。

己)发现内心和上天其实是同义词。(第 53 页)

1835 年 5 月 10 日 年轻的牧师(指爱默生自己)十分失望……来听布道的人还不足十个……别介意他们来多来少,朋友……他们都是些活生生的傻瓜,等待我去赋予他们神性。他们是可以教诲的,等待着你去争取。他们的心灵会为拥有一个主人而满怀自豪和感激。那就是你,满足他们吧,他们也必须满足你。他们不把你当回事,那就做他们的柏拉图,做他们的基督……(第 56 页)

由于这种歪曲,自恋者实际上出现了真实与虚幻两个自我。能设法维持虚幻的自我时,他们会感觉春风得意;如若不能,则会经受心理崩溃,因为他们无法面对真实的自我。但虚幻的终究要破灭,这使得他们内心时常遭受着痛苦的折磨。霍林华斯在齐诺比娅死后就经历了这样的心理崩溃。同样的特征在爱默生身上也很典型:

1837 年 5 月 26 日 ……作为地球上的一株植物,我生长在上帝的怀抱。我是上帝的化身,而他是我的灵魂。将神圣的"我"从凡我肉体、命运、欲望的软弱、肮脏中解救出来……我甚至可以满腔热忱地说,我就是上帝……可是,为什么不能始终如此呢……可恶的二元论。我无法理解这阴暗的问题。我笃信天人合一,我已然天人合一,但我却看到自己有两个面孔。一方面,我感觉自己与自然息息相通,为我献身的事业——公正与仁爱而欢呼雀跃;可另一方面,我却很难触摸到这个"神圣的我",整天惧怕灾祸的降临。我还没有步入神圣的行列,还不足以获得安宁……我找不到答案。有时,我是个行动者(Doer),是个神灵,主宰着周遭的事事人人,真知灼见不住地奔涌显现。至少我是那么说、那么感觉的。然而现在,我又回到惯常的痛苦之中。(第 68 页)

为避免这种分裂的痛苦,维持那个虚幻的自我,自恋者需要不停地谈论自己的功绩和杰出品质，并用别人的爱慕和忠诚来确认对自己的这种估价。为此，他们会表现出同他人建立良好关系的企图。由于他们交友的目的在于博得爱慕，因此他们判断他人的准则是自己从别人那儿得到羡慕或奉承的多少。钦佩他的就是好人、高人，反之就不屑一顾。若能赢得别人的尊敬，他们便精神抖擞；一旦受挫，他们要么变得萎靡不振；要么满腔愤怒、大发雷霆。久而久之，就会产生一些不道德的品质，如明目张胆的利己主义，怀恨、漠视他人，假如他人不能为他的虚荣所用的话。

这既是霍林华斯也是爱默生的性格写照。初到福谷时，霍林华斯对卡佛台尔、齐诺比娅、蒲丽丝拉均发动了魅力攻势，发现前二者都是具备独立人格的人，并不崇拜他时，便先后抛弃了他们。蒲丽丝拉之所以没有遭此下场，因为只有她的崇拜和依赖满足了他自认为是上帝天使的虚荣。霍桑指出，像这样的人，“如果你跟他们走了第一步，而不跟上第二步、第三步……他们就会毫不犹豫地把你揍一顿，然后杀了你，还要用脚踩你的尸体”。（第227页）

反观爱默生，除了四处演说、写小册子外，他还特别喜欢在家中举办茶会，或去别人家做客，兜售他的“真理”，并且在不同场合包括日记中变着法地夸自己：

> “所有独创的行为都会产生磁石般的引力”，“每个真正的人身后都会有成群结队的跟随者”，“他充满真知灼见，一批一批数量不等的人向他涌来，犹如大西洋的层波叠浪受到吸引，涌向月光”[①]。
>
> **1849年4月4日** 谈到时代的基调，年轻的演说家们会告诉你这样那样的答案。让我来告诉你所有时代的基调吧，那就是“低能”：除了一些辉煌的时刻，低能在一切时候，存在于一切人身上，甚至是英雄们身上，他们不过是万有引力、习惯、恐惧、感觉的奴隶。正是由于其他人缺乏自立的习惯以及首创性，强者才显得强

---

① 霍桑：《红字·福谷传奇》，侍桁、杨万、侯巩译，上海译文出版社，1996年，第260页。

大。(第 141 页)

同样的例子在他的日记中举不胜举。此外,爱默生还不断往康科德网罗自己的追随者,我们熟悉的就有霍桑夫妇、梭罗和埃勒里·钱宁第二等。正如他自己在日记中所称,或是霍桑指出的那样,他需要的是那些涉世不深的年轻人,或是感情脆弱的女性。因为在这些内心不安的人身上,他的温情最容易产生效果,也最容易满足其自恋的需要。

对于爱默生这种貌似充当年轻人的保护者、女性的知音,实为博得仰慕的举动,霍桑似乎看得很清楚①。他注意到梭罗并不很让爱默生满意,说"与梭罗同住显然给爱默生先生带来些麻烦。很可能,像梭罗这样立场梗顽之人,更适于在露天场所偶尔见见,不适合做桌旁火炉边永久的客人"。② 后来,当爱默生又开始对钱宁施展魅力的时候,霍桑认为他不过是爱默生用"天才的手法"不厌其烦网罗来的又一个"古怪聪明的年轻人"罢了,是"梭罗先生可怜的替代品"。③

事实上,爱默生也一直想将霍桑纳入自己的仰慕者的队伍。索菲娅在日记中写到,刚到康科德,爱默生是霍桑家的常客。他"似乎(对霍桑)十分着迷。每次来看霍桑,总是将他领到一边去,这样就可以不受干扰,近距离持续猛攻他的耳朵。"④没有人知道他们谈了些什么,但显然这些"猛攻"并不成功。霍桑只是在日记中说,爱默生的那一套,对于像他这样"早过了大学生年龄的人"⑤来说,已经不那么奏效了。到后来,有爱默生参加的讨论、谈话,霍桑多半像个雕像一样一言不发。

另一方面,即使在爱默生的时代,也有很多人批评他的主张。遇到这种

---

① 爱默生积极支持女权运动,仰慕者中包括很多女性,如玛格丽特·富勒、霍桑妻子索菲娅等。

② Mellow, James, R., *Nathaniel Hawthorne in His Time*, Boston: Houghton Mifflin Company,1980,第 225 页。

③ 同上,第 211 页。

④ 同上,第 205 页。

⑤ 同上,第 265 页。

情况，爱默生不是大发雷霆，将别人贬得一文不值，就是用“精神胜利法”，夸耀自己以获取心理平衡：

> **1842年11月26日** 那些人比不上别人伟大，就没资格批评人。不要去看那些评论……（第112页）
>
> **1852年10月** 唯理论？是又怎么样！难道那些整天说“你不知道背后的原因，不知道原因背后的原因”的无能学者，整天重复那些愚蠢的名词……就好到哪去么？难道他就不生活在忧虑中？不为小事烦恼？天冷了不打颤？消化不好不折寿？匆忙穿衣服不会弄掉衬衫扣子？难道他的烟囱就不冒烟，老婆就不骂娘？他就没有账单要付？因为发现你用了一些没有意义的词语，难道他们就非得高估自己挣早餐玉米饼的能力不成？
>
> 宾夕法尼亚州匹兹堡一个叫沙德的先生最近印了个教条的小册子，说“爱默生先生是个唯理论者，光讲灵感，不讲论证”。好像我们的灵感有什么错似的。那还有什么能将我们导向正确？（第157页）

到了这一步，如果说我们能在《福谷传奇》中找到类似的情境，应该不会感到奇怪了。当卡佛台尔想利用傅立叶的理论说服霍林华斯时，他极端厌烦地嚷道：

> 我不要再听这话了！我永远不会原谅这个家伙！他（傅立叶）犯了不可饶恕的罪……他利用并助长了潜入我们性格中的所有邪恶、卑鄙、下流、污秽、兽性和令人痛心的堕落……可恶的流氓！（第215页）

卡佛台尔与他争辩说，至少傅立叶是在凭智力和聪慧去探求人类社会规律，“并不自称这是出于灵感，也不认为是上天授权他讲的”[①]。这里，霍桑

---

① “出于灵感”、“上天授权”是爱默生演讲时惯用的论调。

矛头指向的是爱默生，应该是确定无疑的了。

从我们知道的一些情况看，霍桑对爱默生的这种两面性格应该深有感触。施展魅力不成，虽不至于出现"毫不犹豫地把你揍一顿，然后杀了你，还要用脚踩你的尸体"的情况，但前文已经说过，爱默生的确将霍桑的小说批得一文不值，连他死后也没忘了数落他。1845 年，霍桑夫妇不得不搬离古宅，因经济窘迫向爱默生借钱。尽管当时爱默生生活相当宽裕，这位"当今世上最完美的人"却并没有借，说人人都欠债，而且比霍桑严重得多，建议霍桑"吹着口哨"坦然面对。连把他作为偶像的索菲娅，对此也颇有微词了。

通过上面的对比，联系霍桑在其他作品中对超验主义的颠覆，我们应该能够得出结论，霍桑这一系列作品中，以霍林华斯为代表的"利己主义者"都是以爱默生为蓝本的。通过解剖爱默生的性格倾向，霍桑彻底地解构了他的言行和主张。

这一观点为我们解读爱默生的超验主义提供了一个全新的视角。以此为出发点，我们很好理解为什么爱默生眼中会没有"恶"存在，为什么他会将自己看作是上帝的天使，乃至上帝的化身。如果说一个人的思想很大程度上源于自恋心理对现实的歪曲——他宣扬自助，很大程度上在于他拒绝接受别人眼中真实的自我；他宣扬平等，在于他害怕别人比自己出众；他和善可鉴，在于这种慷慨满足了他的优越感；他痛恨自私，在于别人的自私干预了他自己的自私；他讨厌自负，在于他不能容忍别人对他的主张表示异议；一旦他自己的内心需要受挫，还会以他手中握有的"真理"为武器，行打击报复之事。那么这个人宣扬的东西，是该叫超验主义，还是利己主义，或是自恋主义呢？因此，通过揭示爱默生的心理结构，以及他的思想所产生的渊源，霍桑彻底解构了爱默生的超验主义。

对爱默生超验主义不以为然的人不在少数，但从意识到无意识对其进行全面解构的，唯霍桑一人。由于时代的原因，霍桑采用了这种迂回的方式进行表达,因而未能引起人们的足够重视①。他的剖析,不仅为我们解读爱默生的超验主义提供一个崭新的视角,也为从事文学批评提供了一个可借鉴的方法,与拉康的精神分析方法有着异曲同工之妙。

① 他在《福谷传奇》序中也说,虽然传奇的氛围"为构思提供了颜料和画板,只是分辨起来就十分吃力了"。

参考文献

Bertalanffy, Ludwig Von. *General System Theory*. New York: George Braziller, 1968.

Brooks, Cleanth, eds. *American Literature: The Makers and the Making*, Vol. 1. New York: St. Martin's Press, 1973.

Derrida, Jacques. *Of Grammatology*. Baltimore: Johns Hopkins University Press, 1997.

Derrida, Jacques. *Writing and Difference*. Chicago: The University of Chicago Press, 1978.

Derrida, Jacques. *Dissemination*. Chicago: The University of Chicago Press, 1983.

Derrida, Jacques. *Margins of Philosophy*. Chicago: The University of Chicago Press, 1982.

Dreiser, Theodore. *Dawn: An Autobiography of Early Youth*. Boston: David

Godine，1998.

Dreiser，Theodore. *The Financier*. Nashville：North Books，2003.

Dreiser，Theodore. *The American Tragedy*. New York：New American Library，2000.

Dreiser，Theodore. *The Titan*. New York：New American Library，2000.

Dreiser，Theodore. *The Bulwark*. Garden City：Doubleday and Company，1946.

Dreiser，Theodore. *The Stoic*. Garden City：Doubleday and Company，1946.

Eagleton，Terry. *Ideology：An Introduction*. London：Verso，1991.

Eagleton，Terry. *The Ideology of the Aesthetic*. Oxford：Black-well，1990.

FitzHenry，W. E. *On Our Selection*："Forward". North Ryde：Angus & Robertson Publishers，1979.

Emerson，Ralph W. *Selected Writings of Ralph Waldo Emerson*. New York：The New American Library，Inc.，1965.

Foucault，Michel. *The Order of Things：An Archaeology of the Human Sciences*. London：Tavistock Publications，1970.

Foucault，Michel. *The Archaeology of Knowledge*. London：Tavistock Publications，1972.

Freud，Sigmund. *Beyond Pleasure Principle*. New York：W. W. Norton and Company，1989.

Freud，Sigmund. *Civilization and Its Discontents*. New York：W. W. Norton and Company，1989.

Freud，Sigmund. *The Ego and the Id*. New York：W. W. Norton and Company，1989.

Greenblatt，Stephen. *Renaissance Self-Fashioning：From More to Shakespeare*. Chicago：University of Chicago Press，1980.

Greenblatt，Stephen. *Shakespearean Negotiations*. Berkeley：University of California Press；Oxford：Clarendon，1988.

Greenblatt, Stephen. *Sir Walter Raleigh*: *The Renaissance Man and His Roles*. New Haven: Yale University Press, 1973.

Hawthorne, Nathaniel. *The Celestial Railroad and Other Stories*. Chicago: The New American Library, Inc., 1963.

Hemingway, Ernest. *The Sun Also Rises*. New York: Charles Scribner's Sons, 1999.

Hemingway, Ernest. *A Farewell to Arms*. New York: Charles Scribner's Sons, 1981.

Hemingway, Ernest. *For Whom the Bell Tolls*. New York: Charles Scribner's Sons, 1972.

Hemingway, Ernest. *The Old Man and the Sea*. New York: Charles Scribner's Sons, 1999.

Howells, William D. *The Rise of Silas Lapham*. New York: Penguin Books USA Inc., 1983.

Lacan, Jacques. *Ecrits*: *A Selection*, trans. Alan Sheridan. London: Tavestock, 1997.

Lacan, Jacques. *The Four Concepts of Psychoanalysis*, ed., Jacques-Alain Miller, trans. Alan Sheridan. New York: Norton, 1978.

Lacan, Jacques. *The Language of the Self*: *The Function of Language in Psychoanalysis*, trans. Anthony Wilden. Baltimore: Johns Hopkins University Press, 1968.

London, Jack. *The Sea Wolf*. New York: Bantam Books, 1984.

London, Jack. *Martin Eden*. New York: Penguin Books USA Inc, 1984.

Mellow, James R. *Hawthorne in His Times*. Boston: Houghton Mifflin Company, 1980.

O'Connor, Flannery. *A Good Man Is Hard to Find and Other Stories*. San Diego: Harvest Books, 1977.

Prigogine, Ilya. *The End of Certainty*. New York: The Free Press, 1997.

Prigogine, Ilya. *Order out of Chaos: Man's New Dialogue with Nature*. New York: Bantam Books, 1991.

路易·阿尔都塞. 意识形态与意识形态国家机器. 图绘意识形态. 斯拉沃热·齐泽克等. 南京大学出版社,2002.

路易·阿尔都塞,艾蒂安·巴里巴尔. 读《资本论》. 中央编译出版社,2001.

路易·阿尔都塞. 保卫马克思. 顾良译. 商务印书馆,1984.

罗兰·巴尔特(巴特). 符号学原理. 王东亮等译. 三联书店,1987.

斯蒂芬·贝斯特,道格拉斯·科尔纳. 后现代转向. 南京大学出版社,2002.

路德维希·冯·贝塔朗菲. 一般系统论——基础、发展和应用. 林康义等译. 清华大学出版社,1987.

路德维希·冯·贝塔朗菲. 生命问题——现代生物学思想评价. 吴晓江译. 商务印书馆,1999.

西奥多·德莱塞. 嘉莉妹妹. 裘柱常等译. 上海译文出版社,1980.

西奥多·德莱塞. 珍妮姑娘. 傅东华译. 上海译文出版社,2001.

西奥多·德莱塞. 天才. 主万等译. 上海译文出版社,1994.

雅克·德里达. 延异. 后现代性的哲学话语——从福柯到赛义德. 汪民安等主编. 浙江人民出版社,2000.

雅克·德里达. 胡塞尔《几何学的起源》引论. 方向红译. 南京大学出版社,2004.

雅克·德里达. 书写与差异. 张宁译. 三联书店,2004.

雅克·德里达. 论文字学. 汪堂家译. 上海译文出版社,1999.

雅克·德里达. 文学行动. 赵兴国等译. 中国社会科学出版社,1998.

雅克·德里达. 声音与现象. 杜小真译. 商务印书馆,2001.

弗朗索瓦·埃尔瓦德. 一种疯狂守护着思想. 一种疯狂守护着思想. 包亚明主编,何佩群译. 上海人民出版社,1997.

利昂·费斯汀格. 认知失调理论. 郑全全译. 浙江教育出版社,1999.

米歇尔·福柯.知识考古学.谢强等译.三联书店,2001.
米歇尔·福柯.词与物.莫伟民译.三联书店,2001.
埃里希·弗洛姆.弗洛姆著作精选.黄颂杰主编.上海人民出版社,1989.
埃里希·弗洛姆.精神分析的危机.许俊达等译.国际文化出版公司,1988.
埃里希·弗洛姆.逃避自由.陈学明译.工人出版社,1987.
埃里希·弗洛姆.弗洛伊德的使命.尚新建译.三联书店,1987.
埃里希·弗洛姆.在幻想锁链的彼岸.张燕译.湖南人民出版社,1986.
西格蒙德·弗洛伊德.弗洛伊德心理哲学.杨韶刚等译.九州出版社,2003.
西格蒙德·弗洛伊德.诙谐与无意识的关系.常宏等译.国际文化出版公司,2001.
西格蒙德·弗洛伊德.精神分析引论.高觉敷译.商务印书馆,1984.
广松涉.事的世界观的前哨.赵仲明,李斌译.南京大学出版社,2003.
路易斯·豪德宾.立场.一种疯狂守护着思想.包亚明主编,何佩群译.上海人民出版社,1997.
阿诺德·豪泽尔.艺术社会学.学林出版社,1987.
卡伦·荷妮.神经症与人的成长.国际文化出版公司,2001.
卡伦·霍尔奈.精神分析新法.雷春林,潘峰译.上海文艺出版社,1998.
卡伦·霍妮.自我分析.许泽民译.贵州人民出版社,2004.
卡伦·霍妮.我们时代的神经症人格.许泽民译.贵州人民出版社,2004.
纳撒尼尔·霍桑.霍桑小说全集.胡允桓译.安徽文艺出版社,2000.
纳撒尼尔·霍桑.红字·福谷传奇.侍桁,杨万,侯巩译.上海译文出版社,1996.
菲力浦·基尔勃."欲望"三部曲:《金融家》、《巨人》、《斯多噶》.德莱塞评论集.龙文佩等编.上海译文出版社,1984.
乔纳森·卡勒.论解构.中国社会科学出版社,1998.
欧文·拉兹洛.系统、结构和经验.李创同译.上海译文出版社,1987.
欧文·拉兹洛.用系统论的观点看世界.闵家胤译.中国社会科学出版社,1985.

欧文·拉兹洛.进化——广义综合理论.社会科学文献出版社,1988.

欧文·拉兹洛.决定命运的选择.李吟波等译.三联书店,1997.

约翰·莱登伯格.德莱塞:丛林中的以实玛利.德莱塞评论集.龙文佩等编.上海译文出版社,1984.

罗嘉昌.从实体逻辑到关系逻辑.哲学门,2001(1).

亚伯拉罕·H·马斯洛.动机与人格.许金声等译.华夏出版社,1987.

埃德加·莫兰.方法:天然之天性.吴泓缈等译.北京大学出版社,2002.

埃德加·莫兰.方法:思想观念.秦海鹰译.北京大学出版社,2002.

埃德加·莫兰.复杂思想:自觉的科学.陈一壮译.北京大学出版社,2002.

埃德加·莫兰.迷失的范式:人性研究.陈一壮译.北京大学出版社,2002.

G·尼科利斯,伊·普里戈金.非平衡系统的自组织.徐锡申等译.科学出版社,1986.

G·尼柯里斯,伊·普利高津.探索复杂性.罗久星等译.四川教育出版社,1986.

伯纳德·J·派里斯.我们内心的冲突中文版前言.卡伦·霍奈尔(霍妮).我们内心的冲突.王轶梅译.上海文艺出版社,1998.

伊·普里戈金,伊·斯唐热.从混沌到有序.曾庆宏,沈小峰译.上海译文出版社,1987.

伊·普里高津.从存在到演化.曾庆宏等译.上海科学技术出版社,1986.

劳伦斯·A·珀文等.人格手册:理论与研究(第二版).黄希庭主译.华东师范大学出版社,2003.

沈小峰,胡岗,姜璐.耗散结构论.上海人民出版社,1987.

杰克·斯佩克特.艺术与精神分析.高建平等译.文化艺术出版社,1990.

兰德尔·斯图尔特.霍桑传.赵庆庆译.东方出版中心,1999.

陶东风.文化批评向何处去.天津社会科学,2000(4).

查尔斯·瓦尔刻特.德莱塞与超验主义的一股分流.德莱塞评论集.龙文佩等编.上海译文出版社,1984.

王岳川.新历史主义的理论盲区.广东社会科学,1999(4).
伯纳德·韦纳.人类动机:比喻、理论和研究.孙煜明译.浙江教育出版社,1999.
米歇尔·沃尔德罗普.复杂——诞生于秩序与混沌边缘的科学.三联书店,1997.
严绍璗."文化语境"与"变异体"及文学的发生学.中国比较文学.2000(3).
特里·伊格尔顿.后现代主义的幻象.商务印书馆,2002.
埃里克·詹奇.自组织的宇宙观.曾国屏等译.中国社会科学出版社,1992.
张进.新历史主义文艺思潮的悖论性处境.兰州大学学报(社会科学版),2001(4).
张进等.论新历史主义历史文化诗学的作家主题观.燕山大学学报(哲学社会科学版),2001(3).
张一兵.问题式、症候阅读与意识形态.中央编译出版社,2003.
郑春顺.混沌与和谐.马世元译.商务印书馆,2002.
朱刚.新编美国文学史(第二卷).刘海平,王守仁主编.上海外语教育出版社,2002.